何以为家

话梅 著

四川文艺出版社

果麦文化 出品

目录

001　不能流泪的人

017　拼图人生

035　母亲的交易

053　草房子

070　一次出逃

076　工具箱

093　找不到的母亲

111　怡和老年公寓

130　天桥一枝花

148　寂静无声

165　漫长的归乡

181　梦想何必远方

199　后记

不能流泪的人

  我手上捏着祖母为数不多的一张照片。照片中的她端坐在高堂之上，穿着蓝色斜襟盘扣衣裳，黑色粗布小脚裤，一双袖珍的小脚套进方口的绣花鞋。笑眯眯的，俨然一副慈眉善目的样子，头上那顶黑色的帽子正中镶嵌着一颗绿色的玛瑙，尤为醒目。

  这张照片拍摄后不多时，高脚桌旁另一侧的男性身影就从人世间消失了，因此祖母总说一定是拍照惹的祸，闪过的那道光摄取了人的魂魄，从此让肉身也不会自在。"都说了是索命的玩意儿，活着的人拍什么照？自己披一身什么皮自己心里不清楚吗，非想要留给谁作念想？！"她一旦想起来这茬儿，嘴里就咕咕哝哝，一把将手里的拐杖丢得远远的。

  人们都说，宋家"老三奶"指定是可以活过一百岁的——并非她有什么福报或寿享，而只因她八十多岁了，尚能举起拐杖，尖声叫喊着打骂她的儿子儿媳，恨不得招惹全村人都来她家看笑话。眼前她刚蒸好了一锅暄软的馒头，泾渭分明：一半白面馒头留给自己的哑巴儿子；剩下的一半是玉米面窝窝头，撇给我的父亲母亲。而她心情好的时候，还会想方设法变出第三样红薯面掺杂的馒头来犒劳自己。

祖父去世后的第一年，在外工作的小叔叔体恤老人的脆弱，把她接到了姑姑家小住，幼小的我因而被留在家中，第一次由父母亲看护。一个月后我头上生了虱子，祖母得知消息后急得跳脚，叫嚷着要回来山里伺候我。姑姑和小叔叔拦着不依，她就骂骂咧咧，诅咒我那已经死去的祖父。儿女们对她无可奈何，只得由了她。

回到家后，她少不了把我的父母亲臭骂一顿，边骂边果断地找来一把剪刀，咔嚓几声剪断了我枯黄干结的头发。我顿时感觉头上的虱子更恼人了，祖母只得用篦子帮我仔仔细细地刮，将虱子一个个捉了来，两个指甲盖一并用力狠狠挤死。我听见噼里啪啦一阵暴躁的声音在我的头顶上跳跃，心里想着，还是这般干练的祖母靠得住。她给我洗了头，洗了澡，再给我换了身新衣裳，她应当是最疼爱我的人了。

"我四岁做了童养媳，你太祖父太祖母器重我，十一岁我便当了家。他们没了后，宋老三又去参了军，丢下我和这四五个孩子相依为命。我是怎么把他们拉扯大的？如今都长大了，不把我这个娘放在眼里！"这句话明面上是将委屈说给我听，她却有意拉长了腔，扯开了喉咙，眼睛乜斜着，分明是冲着旁侧一语不发的父亲和沉默寡言的母亲。"旧社会是人吃人的社会，饿了没东西吃，树皮、腰带都要塞进肚子里，你问问他们兄弟几个我那会儿有没有亏待过他们？现在竟嫌弃起窝窝头来？一定要天天吃香的喝辣的才算满意？你兄弟他是个哑巴，我活着一天照应他一天，还有眼前这个丫头，我不在了任由你们胡闹去！"她越说越恼火。

我对大人的事情不甚关心，祖母的教诲则像个象征性的符号印在我混沌的世界里，那些符号也许我一辈子都用不着。而我一想起窝窝头，就总能与满头的虱子联想在一起，心里都是抓挠的，头顶喧腾好一阵。她太唠叨了，小脚老太太身上有一股霸气，掌握着这个家里的权势和地位，然而我并不懂她内心的波澜和软弱，她是否真的如她表现的那般坚硬和不可调和？

　　小叔叔总在一年当中回来看她一两次，骑着一辆拉风的摩托车，车头车尾叮叮当当地挂着琳琅满目的水果、补品和补药。因此在我得知他的身份之前，我总误认为他就是祖母口中那个挑货郎担的。祖母不时地念叨起这个还算中用的儿子，可人真正到了跟前，祖母满心欢喜地接受了他的礼物和金钱，听他说上一两句暖心话后，只一根烟的工夫，就忙不迭地催促他赶快走。"时辰不早了，别再耽误了工作！"她总这么说。小叔叔慌里慌张也想脱身，因为他也实在受不了祖母对我父母莫须有的指控。

　　祖母目送他远去，她尝试着转身，像影视剧里那个一步三回头的母亲般做出留恋的姿态。事实是小叔叔一溜烟似的果然没了人影，这时的她就又换了脸色，抱怨他太忙，"回来总是撞上掏火的空当"，"再回来又不知道多些时候了"，"一年到头就只知道忙，也没见忙出来个什么光景"。我的心愿跟祖母一样，也常常盼着小叔叔来，但我是真心希望他赶快走——他前脚走，后脚我便能享用那些丰富可口的食物。我不知道我的哑巴爹爹怎么想，反正他看着我有吃的也会流起哈喇子，我们俩是来享用这些战利品的洪水猛兽，家里反复上演着的祖母和小叔叔的悲欢离合，跟我们两个似乎都没有多大关系。

　　说祖母节俭我是承认的。即便有了小叔叔和姑姑的帮衬，家里生活条件有所余裕了，各种野菜、干菜、杂粮，也从未从我们一年四季的饭桌上消失过。祖母过苦日子习惯了，白米白面反而使她徒增忧愁，她的私心更不能使这些食物得到公平分配。小叔叔带给我们的特享美味更是被她一把锁进了箱子里不见天日，仿佛它们的存在不受时间限制。祖母视它们为宝物一般，以至于生了虫，化了糖，糟了糠，她都浑然不知。那个箱子里还有些金银首饰等，我完全不知道那些物件是如何相容共处的。在外面时，指不定她哪件颇为正式的衣服上就会出现淡淡的霉菌和不太容易清洗的污渍。这与她一向体面的形象不相吻合，她总是解释着，年纪大了，不知道干净邋遢了。一面解释一面兀自局促地笑着。我的父亲母亲，纵然他们是距离这一切最远的人，可关于祖母的这般流传却一刻都没有走远过。"他们两口子都是好吃懒做的，上天有眼，我待他们不薄！"外人但凡在她面前提起我父母亲，祖母指了指天，我低了低头。

　　当我开始懵懂记事，稍微有些是非辨别能力时，我问的第一个问题是："祖母，我父亲到底是哪里对不起你了？你总是这么恨他们？"祖母愣了一下，像不认识我似的盯住我，脸气得刷白，嘴唇发抖，浑身像是快要支撑不下去了，那根拐杖颤了颤，终也没有举起来。不过她将拐杖换了边，扬起不太惯用的手，腾空狠狠地给了我一记耳光，她的怒气就在那一瞬间从她眼睛里迸发。"白眼狼！我白白地把你当心肝宝贝来疼，你还没长大就这么忤逆我？我这到底是造了什么孽，让你们一家子人来欺负我！"她哭号着，却始终没有眼泪流出。我一下子傻了眼，呆呆地立着，脸上的疼痛提醒着我，这个话题在祖母那里是个禁忌。从此我便再也不提了。在这个家里，没有人能翻越她心中的那堵高墙，唤醒她深处的那一帘温柔。即便村子里风言风语，姑姑们也对我偶有提示，我依然无法理解眼前饱经风霜的这位老人。她明明是那么爱我！而她却不能一视同仁地爱她的第一个孩子。

幼时，每每我迎上祖母，她的脸上总挂着不知疲倦的笑容，大多时候身上一股青草或泥土的田园味。她嚼着一把生的葱叶，伸手来摸我的小脸，笑意盈盈。"鼻子再挺一点就更好看了。"我自顾自地玩着，别过头去不让她盯着我看，不一会儿我就发现她的语气不对劲了："赶快长大吧！长大就好了！"她脸上的笑骤然停住了，面色一沉。我赶紧钻进她怀里，接她上一句话说："长那么好看干啥？我只要长得随祖母就行了。"她转瞬又咯咯吱吱地笑了，露出缺失的门牙，空落落的牙床更添喜感，像个傻乐呵的姑娘模样，那时候的她多可爱！四岁就当了童养媳，她的童年和少女时期一并被一个思想封建的家庭锁死了。她是个可怜的女人，连人生的开端都这么令人痛惜。我愿意加倍讨她欢心。况且她对外人，是客气周到又极讲信义的。

哑巴爹爹每年都会在秋收时节依照她的吩咐摘辛夷桃儿，祖母一袋袋地摘了叶子，将饱满硕大的毛桃搜罗干净，再拖到七哥家去卖。七哥是个正宗的商人，看祖母年迈了眼花耳背，总是有意无意地缺斤少两，或是按照最低价来跟她做交换。祖母只管低头捻钱。邻居们在她背后议论，有人看不惯甚至事后跑到家里来揭露七哥的小人手段。

祖母却充耳不闻，支支吾吾打了个幌子圆场，听得烦了甚至与人辩论、替七哥说情。渐渐地，大家也习惯了，那个老三奶连自己儿子都诬陷，现在又是非颠倒，任人宰割，看来老三奶当真是糊涂了！

小小的我满腔正义，怒气冲天，只管莽撞地顶着初生牛犊不怕虎的蛮劲冲进七哥家里，大吼大叫着让宋老七站出来讨个公道。我嫂子正在院子里摊晾辛夷，看我来势汹汹，忙起身拦住我。我瞅了瞅里外，不见其他人影，遂劈头盖脸要指着我嫂子骂，我想我骂完浑身肯定舒坦了，耳朵里那些闲言碎语的吵闹声也都消失了，世界便清静了。然而我张了张口，什么都没有说出来。看出我的来意，嫂子迎上了脸，直挺挺地走了过来，甩了甩围裙，义正词严地用手指着我，边数落我的不是，边恐吓我要找家里的大人评评理。我失算了，一想到祖母生气时的可怕样子，"哇"的一声哭了出来，哭声惊天动地。

祖母闻讯拄着拐杖颠着小脚还是赶来了。她拉起瘫坐在地上还惊恐未定的我："哭啥哭？！你几时见过祖母哭？自己不中用，有啥好委屈的！"她话里有话，"跟你妹子计较啥？她是个生蛋子女娃娃，以后我自会管教她叫她长记性，你敢动她一根手指头试试？我的宝贝还轮不到你一个孙媳妇来说教，让你家管事的出来，我倒要找他评评理，见天干的那些好事，还不够丢人现眼？！"我嫂子见好就收，干瞪眼，再委屈的话也只得吞咽到肚子里。

祖母又搬出她从未失策的看家本事，她永远在理，永远至高无上。

由此我才知道，那个言不由衷的祖母心里是明白的，她宽恕着他人，心里的委屈便更深了一层。她一生磕磕绊绊，第一个出气筒是那个活着时就不争气的祖父,再后来就是父亲。而我并非总站在父亲那头的,护犊子的祖母是我的保护伞。我常常将这把伞用在关键的时刻。

刚上小学时我不开窍,学习很差,每每出成绩时,自知理亏的我便躲到祖母的小厨房里,看她围着灶台忙来忙去,一会儿帮忙刷锅洗碗,一会儿主动烧火添柴。岁月雕刻的皱纹在祖母脸上舒展开,她的眼睛被窗口的一束光照得发亮,帽子底下绾好的发髻露出几根银色发丝,看起来从容、娴静,一如照片上伪装得极好的那副和蔼可亲的面容。在她这里,我可以尽情享受庇护,卸下恐惧和担忧,抵御来自任何人的质问与发难。敦厚老实的父亲迎面而来,原本是想好好教育我,却被祖母揪住辫子当头一棒,再一次被批斗得一无是处。祖母用她惯用的胡搅蛮缠、混淆是非的手段肆意挫伤父亲的士气。没想到问题总会转移到自己的身上,这是笨拙的父亲在祖母面前习以为常的自取其辱。他对这个暴戾无常的母亲无计可施。祖母盛怒之下,又把那根拐杖扔了出去。

然而我并不能一直生活在她的羽翼之下,一到学校就会被同学欺负,失去了在家中享受独宠的优势。在那段记忆里,放学铃声之后迎来的便是我的哭声。学校像一个刑场,我没有感觉到丝毫的乐趣。我不是手被女生抓了,就是脚被男生绊倒了。最夸张的一次,上午我的左膝盖才没了一大块皮,下午另一个膝盖就划破了口子淌着血。我挂着眼泪和鼻涕,老师见状摇了摇头,发出淡淡的叹息,却没有人问过我个中原因。

他们奚落我是讨来的,我是抱养的,我是个没人要的野孩子。

在老师莫名其妙的目光里,我气嘟嘟地搬着我的板凳,瞪着眼看着满堂哄笑的他们："我不上学了，我不上了！我不给你们笑话！"板凳很沉，我果真吭哧吭哧走了一路搬回了家里。祖母看见我双腿挂彩的可怜模样，翻箱倒柜地给我找了一点药包扎好。"没事的，过两天就好，小孩子摔一摔皮实！"她吹了吹气，又沉着脸问，"哪个孩子打你的？你有没有哭？"我摇摇头，噙着眼泪，抿嘴不语。我努力支撑着，但最后还是边流泪边倔强地说："祖母，他们欺负我，我没有哭！"

祖母的手一顿，没有再抬眼看我。她帮我抹了一把眼泪，放下我的书包和板凳，拉着我，拄着拐杖一颠一颠地跑遍了村子里所有同学的家——那一天我几乎得到了全村人的道歉，也许那是我人生中得到的第一份集体授予的荣誉吧。祖母把我的手、脚和膝盖上的纱布一遍遍掀开，露出血淋淋的伤口展示给众人看，那场面真是又痛又好笑。想想这个老太太，无人不畏惧她的狠手段，但小小的我，看着年迈无力、几乎要累垮的祖母，心里并没有多少的骄傲可言。

很难相信这样的祖母是一个有信仰的人：一个忠诚的基督教徒。

每个礼拜天，她都风雨无阻地去另一个村庄的教会跟她的姐妹们聚会，我觉得一个人太无聊，常常也跟了去。听他们讲《圣经》、唱祝词、祷告。他们说这是一种信仰，信仰就是跟别人不一样，比别人活得更通透、超脱、不凡。他们个个行事谨慎，嘴里念念有词，在我的脑海里嗡嗡作响，像是有一群没有被收拢好关进蜂箱里的蜜蜂，散漫地跟随主人往东往西——对于他们的信仰，我没有一点好奇之心。他们常把"信主耶稣的人心肠慈悲"这样的话挂在嘴上，我想祖母去做礼拜的目的绝对不是因为这个。那些老爷爷老奶奶看起来慈眉善目，见了我都流露出一丝好奇和窥探心理。祖母将我揽在怀里："她将来会是个有囊气的女娃！"她甚至抢夺了别人口里的台词。

"这都是老三奶您信奉耶稣得来的福分啊，将来说不定还能指望上她呢？"那些人究竟想要从她这里打探些什么，祖母不是不知道。她沉默着，试图摆出一种威严姿态，但脸上逢迎的笑还是流露出了无奈。在这个环境中的她，显露出一丝对神的敬畏，她崇拜那个承诺会带她上天堂的主，为此，她需要不断地祷告赎罪，不断积德行善，不断遵循主的意思行事。但她与别人不同，散会后她从不享用教会提供的午餐，她说别人的便宜永远不要去占。她拄着拐杖神色慌张地离开那里，仿佛是接收到了某道特别的指令，需刻不容缓地将其实施并完成。我两步并一步地超过这个突然脚下生风的老太太。那条直达村庄的小路上，欢实的孩童走在前面，后面跟着那个急赶着又一路沉思的裹脚小老太太，是很生动写实的一幅田园画卷。

《圣经》里关于蛇的解读是邪恶的。蛇在我的生活中是个见怪不怪的存在，但散会后跟祖母一起看到的那一条绝对是一个例外。我以自己仅有的生活经验判断，那条蛇不是等闲之辈，它身上的颜色艳丽，花纹缠绕，游走的样子多变，从一个洞口钻到另一个洞口，每个洞口只显现出它身子的一段，因此我更是无法判断它的身长，我唯一可以笃定的是，这条蛇很可怕，它极有可能就是大人谈之色变的一种善于钻土的毒蛇。我心中害怕，忽然定住脚步，一动不动地盯住这个怪物，脑海里已经幻想出它扑向我撕咬的惊恐画面。祖母顺势走在了我的前面。

我根本不敢上前，只敢微弱地发出颤音，用语言来提示她前方的危险。

"祖母，有蛇！"

"有蛇怎么了？"她像没听见似的继续往前。眼见她就要到达蛇盘踞的洞穴处了，我急得哭出了声。

已经迟了，像是听到了我的呼唤，那条蛇逶迤出洞，将它的整条身躯横在祖母的脚前。

"怕什么！"祖母一挑拐杖，整条蛇的身体被抬了起来，它不知所措地耷拉着脑袋，任由祖母的拐杖再次发力，整条蛇的躯干被远远地丢到了垃圾堆里，顿时没了蛇形，仓皇地逃去别处。祖母若无其事地继续前行，刚才的一切像是从未发生过。我诧异地看着眼前发生的一切，浑身颤抖，还是不敢轻易迈步，仿佛那条蛇仍在路中间拦着。

打着哆嗦的我忍不住问祖母："祖母，你为什么不怕它？"

她不以为然地回答道："心里没有恶念，又为什么会害怕毒物呢？再说，一大把年纪了，还有什么好怕的，大不了一死！"

大不了一死。可死亡，真的能当作资本吗？

她老人家在厨房里煎药，蹲下来两眼一黑就什么都不知道了。是邻居把她从大火中救起，她在医院里躺了三天三夜才被抢救了回来。我去看她，她满是水泡的脸曾使我恍惚过一阵。

那场穿心刺骨的大火，祖母没有记忆。她将其定义为自己八十四岁时的劫数，躲不过的。直到她日渐恢复神气，望向镜子里那凹凸不平的脸时，她的目光才黯然了，并总是有意无意地躲着我，怕我被吓到。我伸手触摸她的脸,把脸也凑过去挨着她又硬又糙的皮肤,贴近她,宽慰她一下子苍老了许多的心。

祖母颤抖着,身体很虚弱,却也伸出一只枯瘦的手摸了摸我。"还是我孙女孝顺哪!放心吧,乖乖,你是不会长相随我的。"这时我已经知道她意有所指,为了认同她,只好埋下眼睛,不敢让她识破我内心的涌动,只得含着眼泪点头如捣蒜。

她气若游丝,像交代遗言那般郑重地说道:"不许哭!记住,不能靠眼泪博得同情,要靠志气赢得尊重。人这一辈子要活得有囊气。"

"好的!我不哭。"

"咱们的小灶房你还记得吗?靠近锅台的墙壁处,那里有一个后来糊上的窟窿。"她拼尽全力拉住我的身体,使我再靠近她,我的鼻尖已经抵触到她的嘴巴。

她说:"那里……"

她已经不能再多说一个字了。

我泣不成声。她还想着她藏起来的钱,我怎会不知道,她已经在醒来后第一时间告诉了小叔叔,这会儿他们已经在挖钱的路上了。

我一直认为大人比较坚强,不管多难过都不会流泪,大火之前我从来没有见过祖母的眼泪。

祖母上厕所时怕麻烦我们,半夜自己起身跑进了走廊里的公共厕所,亏我发现得及时,但她已然倒在了蹲便器上。她说用尿壶太不雅了,还不如拉进裤子里。四岁就开始裹足的小脚老太太,是全村唯一的"体面"的老人。好不容易学会了使用便盆和尿壶,她却趁我们不备非要自己清理,倔倔地摸着拐杖下床,去卫生间里倒掉污秽。

大火摧残了老人的意志,夺走了她的志气。

"如果你觉得命运不公,至少在努力过之后再做结论。"她总是这么说,而这次她只得认命,顺从叔叔的意愿,再次住回了姑姑家。

每逢周末,我都会去看她。我刚从床上坐起来,她就把拐杖靠在我的床前,挨着我说话,低声细语地控诉姑姑和姑父的各种不是,絮絮叨叨说个不停。介于她对我父母亲的恶意,我对她的话将信将疑。

我说:"祖母,你再等等我,等我长大就好了!"祖母一下子就转悲为喜,眼泪竟也跟着流了下来。我给她掏耳朵、扎辫子,附和着她说话。她被烧得头顶全都秃了,残留几根稀疏的银发,空荡荡的。我意识到她将尽的人生要在这种凄楚的光景里熬过——我越来越大了,她越来越老了。脆弱的祖母一下子变得像个混沌无知的小孩。用她自己的话来说,她变成了一个不中用的人。

两年之后,父亲去世了,她是唯一没有得到消息的家人。后来姑父没忍住就告诉了她,她云淡风轻地说:"没了就没了。"脸上没有表情。这个儿子她打心眼里是喜欢不起来的,同样是身上掉下的肉,霄壤云泥,区别待遇。我父亲究竟是上辈子欠了她什么,谁也说不清楚。祖母只说:"那是他自己造的孽,他不操好心,他不得好死!他该遭报应!"姑父姑姑听了也只能哀叹一声,为这样的母亲感到无奈和唏嘘。

姑姑姑父也会向我检举祖母的"糊涂作为":她把吃过的饭碗丢进了院子里的尿桶里;她又不省事了,怎么伺候都不顺她意。我顾不上他们的闲言碎语,只是满眼心疼我的老祖母。她日渐憔悴,失去自理能力,说话总是一遍又一遍地重复。她的眼泪干涸了,笑容也常常僵住,记得的事情越来越久远。有时候她也分不清楚自己身在何处。她认得所有人,她也知道我母亲会从新家来看她。但她唯独不会提及我的父亲。我试着问她:"父亲给你的拐杖你还能用吗?"她眼神暗暗的,缄默不语。

她曾是顽强的女人,叉着腰恶狠狠的样子只能喝退我的父母亲,我却从来不怕她。她坐在院子里纳针线活,我搬个小板凳就坐在她身边,边写字边听她使唤给她认针线。她总是有一搭没一搭地跟我说话,一直说到天黑,直到能听见山林里布谷鸟清脆的叫声,再看见月亮从云层里透出来,丝丝缕缕的光,木棉树的影子随风摇曳映在地上层层叠叠。我问她太阳和月亮是不是同一个,为什么都挂在天上?她给我讲月宫里嫦娥和吴刚的故事。我问她嫦娥跟吴刚又是什么关系,她说不清楚,只一口咬定她肯定不是什么贤良之人,她说她讨厌嫦娥。而她又岂止讨厌嫦娥,她讨厌全天下所有的女人。祖父曾背叛过她,出轨的对象是同村的一位妇人。祖母的恨从此便在心中滋生,到如今扎了根,需要将身体粉碎才能彻底拔除。靠着这股恨意和怨气硬撑着,她一辈子不服老,不服输。

我与祖母的干女儿、我的二姑聊起祖母的前尘往事。她说祖母年轻时太苦了,她一辈子与自己的子女不睦倒成了笑话。前些年更是要命,家里凡是出了鸡鸣狗盗之事,跑不了都赖到我父母亲的头上。爷爷和祖母常为此置气,一开始二姑还去劝,劝得多了祖母竟污蔑她与祖父有一腿。二姑更是愤愤不平。

"是爷爷亏欠了她，一个女人能有什么错？"

二姑喑哑，不知我为何一定要为祖母辩驳。

"你还记得这张照片吗？"二姑转移了话题。

我完全不记得了。那是一张比我手里的照片更早些时候拍的，照片里祖父还底气十足地坐在那里。看来祖母也有拗不过的时候，她曾不止一次地配合家庭拍照。我凑上去细看：祖母的表情维持得很好，没有破绽。重要的是，她手里的拐杖是一根直溜溜的棍子——这拐棍后来被祖母扔来扔去、敲来敲去的，就真的不顶用了，父亲为此特别留意。几年来，他一心想要给他的母亲寻一件像样的礼物，他认为送一根拐杖是再合适不过的了。于是就有了后来照片中祖母新换的那根河柳木拐棍。也就是那一年，父亲呈上了这根拐杖来表达他的孝心，而后才有了过门的母亲，再然后两年便有了我。祖母那时候身体尚好，精力充沛，每天把家里闹腾得底朝天，祖父气得高血压、气管炎犯了，不得不去住院。谁知真正撇下她一个人的时候，那种喧闹过后的失落就来了，她的心突兀地缺失了一块，憋得慌，一定要有发泄的对象，一定要索取个答案，一定要揪出个对错。

"这天底下还有没有王法了？"

"我老宋家出了个败坏门楣的龟孙！"

"我到底要受多少罪，请主惩罚我吧！"

她总是埋怨，总是怄气，总是吵闹，总是折磨自己也折磨他人。这么多年来，折腾了这么久。她或许应该什么都可以放下，什么都不该在乎了。她真的累了,真该考虑考虑自己了。

祖母悄无声息地走了。

那一年的寒假,我只晚回来了几天,就这么错失了与祖母的最后一面。倔强的老祖母从来不流眼泪,只因把眼泪锁在心里化成脓,走之前一哭出来眼睛就瞎了。她执意要老死在山里,叔叔和姑姑不让她回去,她也许忘记了自己已失去独立生活的能力了,忘记了大火对她的伤害,忘记了祖父,忘记了父亲,也忘记了我们所有人。与自己的大儿子势不两立的裹足老太太,"老三奶"的故事,再也不会被人当作茶余饭后的谈资了。姑姑在祖母下葬的时候哭得最大声,姑父再不会谈论祖母的种种过失了。

祖母带走了恨,在忘却的时空里与自己达成了和解。

我看着她安详自在的面容,双目微闭,带着笑,跟照片里一模一样。她的寿棺早在祖父撒手时就已打造好,与祖父的是一对。寿衣是临时准备的,里三层,外三层,层层包裹,穿着显得臃肿。姑姑从她手腕上褪掉她的银镯和首饰,遵从祖母的遗嘱,说是留给我一只手镯,我执意不要。我记起祖母的话:"非想要留给谁作念想?"我好恨她,走就走了,留着念想给谁看呢。我常常想,除了表达对我的爱和对我前程的期望,她临终前还能说些什么呢?她带着没有洗净的疼痛和不甘。那个对父母亲凶狠却对我慈爱的老人,她是遗憾而终的,倘若时光可以倒流,退回到教会的那个场景里,我一定也要做一个虔诚的信徒,为我幼时的顽劣忏悔。我也想回到那个时候,跪立于侧,与我一起默念祷告的祖母，我想听一听她的口中，有没有我父母亲的名字，或者关于她打我的那一巴掌，又或者是否提及那根拐杖。我始终相信，这一切即便没有在她的祷告里，也一定在她最后的执念里。那个铁心肠、硬骨头、坏脾气的祖母，她也一定有她的难言之隐在她生命隐秘的角落里储藏。

我看着没有花圈送往的基督教徒式葬礼，十字架设立，白色扎纸，火光跳蹿，星星黯然。陡然记起祖母骨子里还是一个烂漫的少女。她爱养花，红的菊，白的兰，红的牡丹，白的月季。她的喜好始终在这两个颜色之间跳跃。春天来了，我问她："祖母，允许我吃蔷薇花的嫩芽吗？"

"不准你吃，你吃了我的花可要怎么开呀？"她冷面看着我。

"那我不吃，你的花就一定能开吗？"

祖母坚定地回答："我的花，它一定会在合适的时间开！"

她笃定的样子仿佛真的让我看到了密密匝匝的蔷薇花架，那些花开，全是为了回馈她初心的印证。愿她在日日夜夜祈求的天堂里活得轻盈、自在。我愿她永远徜徉在自己的花园里，侍弄花草，等待她的花开。如果没有人陪伴她或者无人为她纯善的部分做证，那么就把我带去吧！毕竟她曾用匠心的精神将我雕刻，而我是曾经让她相信过这世间日月光华的人。我再一次身临教堂，跪拜在神前认真祈祷。身旁空荡荡的，没有冥想的祖母，但我知道，我再不会孤独。有过祖母的言传身教，未来的路，我可以尝试着自己走。

拼图人生

父亲去世后我常常梦到他。

他一直以外出打工者的形象存在于我的梦境当中，梦里我和母亲的心情都是雀跃不止的，盼望他早日归来。然而每一次他都只作短暂的停留，神情萎靡，脸色灰暗，三言两语交代个大概，然后并无留恋地抽身离去。甚至有几次他都不愿意露面，直接托人捎来些关于他的消息。相似的梦境过于频繁，希望总在梦里不断落空，我醒来后又被现实的荒凉狠狠抽了一记。久而久之，但凡有父亲出现的梦总归是一种可怕的象征，我越想抗拒，越是反复出现，越出现越想拼命抗拒——坠入虚无的恶性循环，想念与抵触的情绪纠缠，不胜其扰。

最终我在梦里变得不再乖顺。

有一次我实在忍无可忍，想方设法找人要到了父亲的电话号码，心想一定要打过去向他问个水落石出。我一遍又一遍地拨打那个外地号码，怒从中来，心里盘算着，只要他听电话，我便要出言不逊，继而想好了声讨他的种种台词。可我听到他沉闷的一声"喂"之后，还听到了另一个女人的声音，我竖起耳朵仔细辨别那杂乱的陌生环境，电话那端还有一个男孩的吵闹和一家子的天伦之音。

眼睛被猛烈的光亮刺痛，我恍然醒悟，强迫自己从梦中醒来，然后发觉后背发凉，枕头上湿漉漉一片，手一摸，是汗是泪。不觉间我已经在梦里哭了好久，醒来后怅然若失，眼泪再次遏制不住地洗涤我的神志。有多少次被反复重演的悲恸所折磨，就有多少个浑浑噩噩的早晨等着我，以一个嘹亮而清晰的声音告诉我一个事实：这个世界上，我再也没有父亲了。

我问母亲是否梦到过父亲，母亲说有。我很好奇父亲在她的梦里会是什么样的形象。母亲说，他总是交代她赶快回家去，照看好家里的树木、牲口和田里的收成——更像是出远门前的一种嘱托。还有别的吗？我问。母亲摇摇头，一脸恍惚，尚沉浸在有父亲的梦里不能自拔。

母亲不知道父亲曾有过一段婚姻。我也是在父亲去世后才听二叔说起，父亲的前妻如何如何，而祖母又是如何刻薄如何虐待她的。讲到父亲的憨厚耿直，二叔怒其不争道："你父亲就是个榆木疙瘩，出门修水库，一去大半年，对家里境况一无所知，哪想自己媳妇都跟几个男人鬼混过了。"

"那后来又是如何分开的呢？"

"生下第一个孩子的时候，正闹饥荒，你父亲到处借粮食，你祖母可恶得很，连借来的几斗米面也被克扣走了。孩儿他娘没奶水，这孩子刚落地没多久就死了。人家铁了心，一气之下打包行李回了娘家就没打算再回来了。"二叔顿了顿，"据说走的时候肚子里还怀着一个。"

"那父亲不后悔吗？怎不去追回来？"

"世上的事哪有称心如意的？树最怕天热，人最怕心凉。恐怕这就是你父亲心里一辈子过不去的那道坎。那几年他丢了魂似的，活得没个人样。"

我的心里咯噔一下，那些往日里匪夷所思的梦境碎片纷纷跌出脑海，一一对应拼接，呈现在眼前。我想我终于理解梦中的父亲了，他以这种方式赎罪，也百般尝试托梦让我记住他的冷漠和绝情，最终的目的不过是想令我彻底忘记他。因为他已经在另一个没有我和母亲的时空，实践承诺，修补他最初的家园，从而实现他的美好愿景。我很遗憾在他的遗憾里没有我们，但我知道我们的存在曾令他觉得圆满，因而无憾。有时我又不免提出质疑：如此牵强附会地诠释一个梦境，只因为那是父亲的夙愿吗？

父亲作为这个大家庭里第一个出生的孩子，身上被寄予的厚望可想而知。他被要求遵循祖制，子承父业，挑起家中大梁；被要求还未成年就要学会照顾自己的弟弟妹妹们，自力更生；被要求赶快辍学，把机会留给最小的弟弟，并尽早替家里分担家务；被要求只能凭借自己娶上媳妇，另立门户；最后还被要求为家族传宗接代，续上香火。

他必须做一个听话的孩子，一边接受父权思想的洗礼，一边忍受母亲的独断专横。生活在父母夹缝里的父亲，就是这样一个没有童年的可怜人。像一个懵懂无知的孩童，被要求拎上一杆枪去前线冲锋陷阵，可那人还没有枪高，没有被生活训练过的他随处彰显出一丝稚气、笨拙和胆怯。尽管命运一下子向他投来无数颗不定时炸弹，父亲亦不能闪躲，更不能选择，唯一能做的只是站直了腰杆，露出黑黝黝的脊梁背，从一片看不见希望的黄土地上挺身而出，与未知的凶险和黑暗赤身搏斗。

从二叔记事起，父亲就开始养蚕。

"起初你家承包了一整片山坡，绿油油的。到了春天，他更像一头驴，没日没夜死命掖。但那有啥用？这一家人没一个承他的好！"二叔挑着一袋子辛夷桃，肩上晃晃悠悠，我跟在他屁股后头，二婶在前面引路，拄着拐杖慌里慌张去帮忙开门。

"后来磕磕绊绊明媒正娶了第一门媳妇，再后来养牲口，卖了一头骡子到漯河去，再后来自己喂牛，阴差阳错这才买来了你母亲组建家庭。"

漯河，这个恰巧是我现在生活的城市，驾车一路往西南方向挺进只需要两个半小时便可到达我的家乡。20世纪80年代作为中原地区最大的牲口交易市场，这里的繁荣气象可见一斑。牲畜为生产队集体所有，一方面扮演着财富积累的重要角色，另一方面充当着全队乃至全公社的劳务机器。在农耕社会，牛、马、骡的价值堪比一条人命。

我一直想象着父亲独自一人牵着一头骡子，循着水泥路从南阳到漯河，徒步三百里完成这场交易的样子。或许他很向往这次长途旅行。在那个交通不够发达的年代，他需要带上三天三夜的干粮和少得可怜的盘缠上路。这是一个必须顺利执行的任务，一路他还要保障骡子的健康和安全，那是归来时将到手的全部家当。只许成功，不许失败。他自信而笃定地上路，或许脸上还洋溢出一种不自在，这种不自在是与他农民的身份相吻合的,他要用这一场遥远的征程来证明自己,丰富人生。去外面闯一闯见一见大世面,待衣锦还乡,他会成为全村的焦点,从此别人对他的刻板印象也必将颠覆。

事实与父亲所设想的并无二异。一周后,大家闻讯赶来,围观他,不禁向他好奇发问:

"宋老大,那漯河城是什么样?大不大?"

"那可大了,顶咱们十来个村了。"

"你是沿着哪条路走的?有没有摸丢(走丢)啊?"

"我哪有那么笨,走一路问一路,鼻子底下长的是啥?"

"漯河人洋气不?吃的是啥?那里的人是不是三条腿走路?"

"去你的!吃的比咱们好些!白米白面,火烧豆浆,油条胡辣汤。吃一顿顶三顿。"父亲顺势摸了摸自己圆滚滚的肚皮炫耀道。

"那牲口卖了多少钱,你有没有讲价?这钱打算咋分配?"一个个问题砸过来,父亲从未享受过如此刻般的荣耀,这让一向腼腆的他显得极为促狭。其实父亲之所以要领受这一艰巨任务,还有另外一层原因。当年他的前妻偷了生产队的一个倭瓜,被发现后反诬陷是父亲做的,父亲没有反驳,并当场认了。当即他成为全村的批斗对象,并被大肆宣扬,扣上了偷窃公共财产的罪名。那是父亲遭受过的奇耻大辱,从此辱了名声,前妻走后再没有人登门拜访为他牵线搭桥。他像罪人一样浑浑噩噩地活着,从未想过正名,他只想用另外一件事情来掩盖并抹杀掉这段不堪回首的记忆,以此涂改人们对他的偏见。

父亲做到了,那几乎是父亲人生当中的高光时刻。

二叔私下里问父亲是否真的一路顺遂，难道就没有遇到磕磕绊绊的事？父亲告诉他那些都是堵人的官话，实际上他去的时候颠三倒四，晕头转向，问的人也不对路，后来学聪明了，只挑穿着光鲜的人问，那想必是见过世面的。回来的时候更绝，钱被小偷偷了个精光，父亲只得站在那人挤人的牛行街，喊破了喉咙都没人搭理。他心下瓦凉，想死的心都有了。最后还是小偷良心发现，看他着实可怜又偷偷把钱放回来了。那时他已在原地蹲守了一天一夜，不吃不喝干等着，真的两眼一抹黑，绝望哪。

这段经历被夸大其词且含有表演的成分，但也许是父亲陈述的语气过于平淡，反倒坐实了这个故事的可信度。二叔啧啧称奇，这不免为父亲秉性刚毅、纯良厚朴的人物性格又增光添彩。

"如果你妄想通过自己的一点成就去改变别人对你的看法，那是不可靠的，人还是要自己争囊气。毕竟有些罪孽是洗不掉的。我只是个农民，除了春蚕、牲口、木头啥都不懂，可我得知道，啥时候该低头认屁，啥时候该挺直腰板。"纵然他坚定自己的信念，年过半百的父亲打此认了命，以为人生就如同那春蚕一般在短暂的季节交接完使命，本打算务实本分，糊涂潦草地度过一生。可他没想到坎坷的路在冥冥之中会有所转机。这本是一个充满罪恶感的开端，父亲却因此开启了人生当中的第二个阶段。

买来的母亲成了他的第二任妻子。

"半路夫妻一开始都是要磨合的。外地蛮子不听话，逮住机会就跑。你妈那时候心不净，这日子当然也过不安稳。你父亲偏是个敦厚老实人，但老实人也有糊涂的时候！这中间的弯弯道道自是没法说！"二叔陷入了无边的回忆，"但你二婶再傻，我也不会动她一根指头。"

"娶了二婶，是你的福分！"

"是啊！咱家里成分不好，讨不到好媳妇，媒人就介绍这么一个远处说话不利索的人给我。我当时就想着能生养就好，扯着她的手一路领着她就回来了，几乎是白搭，没花啥钱。"二叔端着一碗茶，自鸣得意地说。

二婶一侧胯骨摔断了，常年拄着拐杖，行动不便。她曾边比画边用含糊不清的语言询问我，问我是否跟我的小哥哥联系过，问我是否知道他已经生了二胎。

她从墙上扒下来一本日历，用略带自豪的语气说："你看，前年穿短袖的时候他生的女儿，今年下雪天他生了儿子。"她想证明她的信息真实可靠，可我看不出那本日历摆在我面前是为了表达什么。

她又说："门外的月季花开了我过生日，摘辛夷的时候你大哥二哥会回来过中秋节。"她准确无误地翻到了她生日和中秋节的那一天。

二叔帮忙解释道："她不识数，也不识字。但是那日历她却看得懂。你说这些不太能的人其实比我们识字的更聪明咧！"

我翻过来去看，果见里面在重要日子的节点处有重重叠叠的折痕。他们家的日历每日一掀，她像一个敲钟人牢牢记得这道例行公事，然后将过去一年的日历拿来反复比对，在新的日历上找到对应日期以此为标注，记录着家里所发生的大小事件。

母亲没有这样的智慧，但父亲也放心把钱交由她保管。我看过她独自在灯下像模像样地数稔着一、二、三,然后仔细比对每一张钞票的大小,并得出了大的面额大是一百,小的面额小是一块,二大的是五十,三大的是二十的结论。

但母亲来到这个家里,从一个被买来的蛮子到保管财产的身份转变,令人禁不住好奇想要一探究竟其中的幽秘。我想象着那个战战兢兢的四川女人,她是如何在父亲与祖母的战火之中如履薄冰,从而克服重重难关,在这个家中占据一席之地的。

据她说,她几乎是被"挟持"上了一辆牛车,那个被她选中的男人则沉默地坐在她的身旁。她想抬眼看他,又不敢太明显。那个男人也想跟她开口说话,试了几次欲言又止。

"我心里想着你父亲是看不上我的!哪有人走路车两边来回转悠,架子车轮竖着转,他倒是横着走!太不自然了。他就低着头,吭哧吭哧出气,跟前面那头牛一个样。我第一次见他,就觉得他像一头牛。"

从幼童时期,她所能感受到的爱都已相继离她而去。独自成长的二十年间,她概括出一个浅显的生存技能,那就是谁在她身边,谁就是她必须去爱的人,也只有这种全力以赴的爱和付出,才能换得一点点的生存空间和寂寥的温存。她以后要跟着这像牛一样的男人一起生活了。她必须爱他,讨他欢心,让他也有可能回馈她。

那天的风真大。北方的冬天总是阴沉着脸,一副谁都亏欠它的不高兴模样。她裹了裹身上仅有的那件单薄衣裳。冷风里,那股酸臭味令她作呕,原本作呕是该有的生理反应,但她浑身松了架,胃部翻涌不上来。

"我那天是真的知道饿了!"

前方十字路口是一片热闹的集市,辛辣的胡椒味和油条的香味,几乎勾住所有过路人的鼻子。她饱受饥饿的痛楚,这一瞬间食物的诱惑摄取她的痛苦记忆,她已不再是那个人见犹怜的女童,也并没有热心肠的人为她盛上一碗热粥,她以后的每一口饭,不再靠眼泪,只能靠自己的真本事去获取。

永远不能暴露出自己的真实想法,那是一个随时可能招致危险和灾难的信号。她睁大了眼睛,用力吸吮着空气里飘散的食物的香气,她努力回想上一顿饱饭是什么时候,又是在哪里,吃的什么东西。

"你幺嘎婆是被饿死的!我还活着嘛,我就得去讨那一口饭!你父亲问我想吃些什么,我又怎么会拒绝。我只顾打量周围别人的碗里有什么,嘴上却不能说。我怕我喊出来的那一样是贵的东西,哪个还没到人个家里就遭人嫌?但是,你父亲,他好像瞧出来啥子一样。油条、包子、葱油饼都买来咯,还有三碗胡辣汤!"

原来她都记得,那天的场景和每一个细节。

父亲不忍看她,将自己的那碗饭也推了推,示意她也一并吃下。母亲抿了抿嘴,将嘴角的油渍抹去。肠胃显然没有得到满足,但她还是用力摇了摇头。父亲友好地再次将碗推向她,她不再摇头,但直直的、倔强的眼神表明了她的意志。父亲没再说什么,埋着头,扒拉完自己的那碗饭,打包剩下的食物,一把塞进她手里让她提着。

饭后,他安排她去了一家农贸市场。

她迷茫地跟随着，他的脚步可真快啊，踏在泥泞不堪的路面上，更像是一把尖利的犁头，劈开了一片光芒万丈的田地。她站在一匹匹光滑的布料前不知所措。

父亲指了指，让老板从高高的货架上取下来那件宽松的紫红色棉袄，弹了弹上面的灰尘，把衣服对照着母亲的身材比了比。"就这件吧！"他没有征询她的意见，买衣服跟买她时的方式是类似的。

困顿之中的四川蛮子过分解读了河南话里的人情暖意。将那件大小正好的棉袄裹在身上，她再次穿越人群，有种脱胎换骨的错觉。那也许是因为她的孤寂和苦闷都已沉淀太久，一丝火光划过黑夜的天际，都能带给她梦幻般的神秘错觉。总之，那个时候站在她身旁的男人，让她暂时忘记了自己被贩卖的身份。他带给她的感受，不过是她有意为之的主观臆想，但在那一刻，点燃了她迷途之中的空虚和无望。

母亲是带着奢望进入这个家庭的。

日子过得像一碗水，清净自在。父亲任劳任怨，母亲勤俭节约。那确实是他们相守相望的一段好日子。奈何好景不长，父亲年轻时被苦难拖垮的身体一日不如一日。那一年山茱萸大丰收，我家守着一整道山沟，自上而下地望去，红彤彤的、丰盈饱满的果实挂满枝头，看着着实令人眼馋。父亲指望着这场丰美的收成能够换来一沓子钞票：他心里挂念的仍然是我日后的供给以及学费问题。

父亲对二叔说：娃娃大了，她小叔叔、姑姑都各有各的一家人，我还有一口气，不能光指望人家去接济。

二叔理解他的难处，也奉劝他多为自己打算打算。"都多大的人了,你还娃娃、娃娃地叫她,女孩子家,你再亲也是枉然,留不住的。大哥你要爱惜自己。"

父亲脸色一沉:"二娃儿,这话你以后可别说了!女娃咋了?我没有生儿子的命,老天赏赐我一个女娃一定有它的道理。"

"我不是这个意思!"

"那你是啥意思,你自己有三个儿子跑我这里说风凉话!"

"大哥你算算你今年多大了,等她长大了你还能借她力不成?"

"我不指望她啥,我凭着自己的良心!"

"叫我说不如早些辍学好,把她嫁人了,换一门亲事,招倒插门女婿也行,好歹为你们俩养老送终。"

"我自己一条烂命,何苦为难孩子?何况我这辈子就是吃了没文化的苦。人不能光顾自己活!"

二叔无话可说,他拗不过父亲这头倔驴。

父亲眼里有了光,心里有盼头。他自带了行李吃住在山上,日夜看守那漫山遍野的山茱萸。果实成熟后他和表哥们采摘下来,沉甸甸的足足二三十麻袋。有远处的买家来收,粗略估量一下,应该有五千元不菲的收入。姑父临时起意,奉劝父亲不如将山茱萸交由他去出货,不说那五千元钱,凡是多卖出来的价钱,他只要四分提成,算是一个过过手的公平交易。姑父讲得头头是道,他有十足的把握会让父亲多赚一笔,顺带自己也有额外的提成,两全其美。为此,姑父还搬出了一个父亲不会拒绝的理由,劝父亲也为他和姑姑着想,他们也想自力更生,并不想拖累自己的三个儿子。

善良的父亲被说动了,他交出了积攒了一季的心血。没想到秋天的一场连阴雨过后,那满满一屋子堆积如山的茱萸果竟腐烂不堪,果肉褪变成污浊的黑色,一夜之间变成了一堆一文不值的废物。父亲叫苦连连,姑父傻了眼,此时反倒把责任推卸到父亲身上。他指责父亲不该不看天气预报,还为自己开脱道,既然是做生意,就没有不赔的,光想着赚钱,天底下哪有那么好的事。所谓的额外分成也只是一个可能,当初的承诺变成了一张口头支票。无论如何,姑父表示他绝无可能为这个烂摊子负责。两手空空又嘴巴笨拙的父亲,不但一毛钱分红没得到,连最初的五千元成本价也无处寻觅。

血本无归的挫败,令身体本就不堪一击的父亲再遭重创,他刚做完白内障手术的眼睛变成了泪水的沟壑。父亲魂不守舍,白天总感觉有影影绰绰的东西在眼前晃动,夜晚听见鬼魂叫他的名字催促他离开这疾苦人间——山茱萸成了压垮父亲的最后一根稻草。

"我怕是撞见了不干净的东西……我怕是阳寿已尽……我怕是要去赎罪了……"父亲变得神神道道。

二叔的亲弟弟栓柱叔还记得父亲在最后的日子里常念叨的话:"我走后,你无论如何要帮忙照顾她们娘俩。她们都是可怜人,上辈子造了孽跟我过一家,这辈子半点福分都没享到。"说罢父亲就又抹泪了,鼻泗交替,嘤嘤地啜泣,像个委屈的小孩。他说的次数多了,几位叔叔们听着,并不放在心上。

父亲变得越发古怪,他开始打点他的工具箱,把吃饭的家什一件件变卖了,买自己平时舍不得抽的烟;还借了钱买来一块亮晶晶的手表戴在手上炫耀；甚至有一次去配老花镜的同时还顺便给自己配了一副太阳镜；他对母亲也越发依赖，总是想去拉她的手，坐到她身边，替她一遍遍擦拭眼角，抚摸她的脸庞，似乎要把母亲的苦难也一并抹去；小叔叔托人捎给他治疗高血压的药，他总也忘了吃，有时干脆弄丢，吃的时候偏偏找不到。

最后的那些时日，父亲躺在床上，嘴巴歪着，两眼瞪着，还在直挺挺地问母亲："娃娃还要多久回来呀？她还要多久啊？回不来就算了，不要耽误她学业。你要对她好，一巴掌都不许打她，知道吗？她是个好娃，将来你定能指望得上！"

村里再度修造水泥路，村干部通知每家每户必须出一个劳力，父亲和二叔同去。十几里的山路，是我放学回家熟烂于心的那条。父亲一个跟头栽下去，有去无回。乡村医生上门诊断为急性脑出血，很快他深沉地睡去，就再也没有醒来过。直到我疾奔回家，跪倒在地，撕心裂肺地哭喊，他才闭了眼，肉身得到抚慰，灵魂安详地离开。

父亲葬礼后最受打击的是母亲。我哭到昏厥，无声无息地躺着，母亲一开始憋着眼泪不敢有动静，小心翼翼看护着我，丝毫不敢流露出她的悲伤。等我缓过来，她反倒失了神，扑倒在父亲的坟上痛哭流涕。我冷冷地看着她像失心疯的人一样手足无措，哭天喊地。她的天塌了，这个当初花六百元把她买来的男人两手一撒，负债将她甩卖出去。邻居家前来要债，毫不顾惜刚刚痛失亲人的一对母女，四处搜寻没见家里值钱的东西，为首的那位表伯径直走进灶房，抄起了一口锅大摇大摆扬长而去。

"你为啥子两眼一闭就走了？留下我们母女可怎么活？你咋个不带我一起走，没有你我活不下去！你的女娃我照顾不了，你自己出来想法嘛！"

母亲捶着父亲的坟继续哭，手一把把抓散泥土，嘴里咆哮着："我的命那么苦！宋老大，你欺负完我就走了？我还没有找你算账，你在底下给我等着。我自己去讨伐你！"她想要父亲不得安生，得向他讨要个公道。

我已然没了力气也没有了眼泪，木讷地站着，身体飘浮着，心像掏空了，对眼前所发生的一切无知无觉。

一周后是父亲头七的日子。我们去给他烧纸，依照规矩摆供食。轮到我磕头跪拜，正当我行礼之时，一朵绮丽的花砸落到我的手臂。我仰起头，看见正头顶那棵一向死气沉沉的河楸木仿佛一夜之间焕发生机，积蓄了所有的能量盛开怒放，密密匝匝的黄色细蕊小花占满枝头，风一吹便一层层飘落，绵绵密密地铺满一地，落在父亲的坟上，像是特意为他盖上了一床柔软的棉被。

这棵河楸树是数年前父亲亲手栽下的一棵幼苗，当时祖父极力反对，但执着的父亲还是种下了它。此刻众人喧哗，皆发出惊叹之音，大家都讨论着这定是一个好兆头，几十年不见生长的树在此刻开花，想必是一种新生的寓意。

而我却觉得那是死亡的象征。一个人的一生，就在那闭幕的瞬间，零零散散，分崩离析。那绚烂一树的花朵，是他对生命最后的谢礼。

生来是一棵怀着敬畏之心悲壮而歌的树木,死后零落成泥碾作尘,连一丝一缕的香气都不肯留下。他不应当对世间有半分留恋。

没有了父亲,我没有了家。祖母去世,母亲改嫁,哑巴爹爹也被送去了养老院,我变成了在世间游荡的孤儿。

逢年过节,我便无处可去。二叔有三个相继成家立业的儿子,但他们都要守着他们的小家庭过年,我这个年纪最小的堂妹就暂时成了他们的亲情替代品。这一年,我照例闷在二叔家里写稿子,早上总比他们晚起,不吃早饭。二婶视我为己出,醒来锅里必定有卧好的鸡蛋给我留着。

早春时节,新鲜的野味挂满枝丫。我劳动了一上午,采摘了一大篮子葛花,挑选模样好看的清洗干净,拌上面和香油,做成煎饼当作午饭。我等着这一顿美味来解馋,哪知二婶迟疑着不动碗筷。我知道她应该是在等二叔回来。

"他说了回来吗?"

"回来的。"她用力地点头。

我指了指屋里过一点半的钟表。二婶应该看得懂。

"他说他回来。"她重复道。

谁知第二天中午,同样的剧情再次上演,我又是做好了三人份的菜等待开饭,二婶忧心忡忡地说:"他爹会回来的,去赶集了,说中午一定会回来吃饭。我们要等着他。"她迟疑着,不肯动筷。

"你开车,咱们去找。"二婶着了急,她拄着拐杖起身,先去把饭菜扣上，然后准备去锁门。

四十分钟的车程，我载着她直奔镇上的市集。二婶不由分说地找到了开诊所的堂哥家，哥哥说二叔上午就走了，说是坐公车回去的。我也跟着着了急，一个大活人，难道还能走丢了不成？二婶不死心，她不说话，趔趔趄趄地转身，扭头就走。

我们在熙熙攘攘的街心兜兜转转，午后的太阳照得人心慌。我尾随其后，看着那个一瘸一拐的身影漫无目的地搜寻，她的步伐夹裹在你来我往的人流当中，仿佛是地图上可移动的一个标点，二叔是她的定向目标，她只会距离她的目的地越来越近。每挪动一步，她都会按键发送语音："你站着别动，我过来找你就行了。"那份十足的把握让人些许心安，甚至不需要去猜测，结果是肯定的。终于，二婶将人群中无头苍蝇般晃晃荡荡的二叔一把揪住，像责怪小孩儿似的责问他："你跑哪里去了，叫我好找？！"

"没看时间，错过班车了。电话也忘了带。"二叔看见我们，诧异中带点惊喜。

"哎哟！你呀你！"二婶笑呵呵的，说着拐杖就抡上了身，二叔仍一脸赔笑但并无闪躲。

我呆呆地站在阳光下，尘土飞扬，人潮涌动的街头，我被眼前突如其来的撞见感动了。好像一个拼尽全力的拥抱，我确信那就是爱情。

我突然想起以前，父亲得了钱，偶尔也会带着母亲去赶集，给她买新凉鞋。母亲的前脚掌厚而宽，因而很难找到合适的鞋子，于是父亲不辞辛苦地带着她一家家去试穿，从地摊到店铺再到商场，母亲走过了这座小镇的每一条路。路人用好奇的目光看着这一对极不相称的夫妻,他们一高一矮,一白一黑,一个看似精明,一个略显愚钝,一个长相英俊,一个其貌不扬。他拉着她的手,怕她跟不上脚步而特意放慢了速度。也是这样的一个午后,在人头攒掇的街心,他们并肩而行,缓慢地行走在一条漫漫的时光隧道里。

父亲得意地说:"你母亲的脚可真金贵,要买一双合脚的鞋还真不容易。"

母亲低头打趣道:"买了双鞋可算立头等功了?拉着我走了一整天的路,脚底板都磨破了!"

父亲难为情地笑了笑。

母亲说,父亲那时好像一个俊朗的少年。我想象从前的他,像一轮炽热的大太阳,光洁明媚,总照耀着旁人,输送温暖。这轮太阳还会玩捉迷藏,他的脸上偶尔也会露出羞涩的一抹红。

"还好我那个时候没有遇到他。"母亲喃喃自语道,"他眼光高,肯定也看不上我。"她说着就把脑袋耷拉下去,眼睛里那束光也悠然不见了。

"真的没有再梦到过父亲吗?"我不忍再向母亲旧事重提。

"梦到了,最近他说他有了一个新家,那个漂亮的女人不是我,生了个男娃也不如你,他对我哭诉说,他后悔了,他好想念我们,问我们愿不愿意原谅他?"母亲略带自豪地说。

"你原谅吗?"我看向母亲。

"人都走了，说什么原谅不原谅的话？下次梦里你去问问他，他为什么死性不改？漂亮的女人有啥好？生个男娃有啥了不起？"父亲不在了，母亲却表现得格外像个会吃醋的女人。

"不过娃娃，我有个事当真想说给你听。"母亲突然转换了语气，支支吾吾起来，"等我老了，能与你父亲葬在一起吗？"

"妈……"我一时哽咽，不知道该怎么接腔。

母亲一脸期待地看着我："你说这样好吗？我又嫁了人，你说你们宋家会不会不同意呢？"

"那下一回我去梦里问一问父亲吧！"我努力忍住泪水道。

母亲的交易

"姓名?"写信人的语气像是在审判一名犯人。

"……"

"我问你叫啥?"他见母亲没有反应便加重了语气。

"郭……郭思怡。"

"啥?"

"郭思怡。"

"郭思琪!好。家住哪里?"

"云仓(荣昌)县保安公社九大队。"

"云仓?"

"是!云仓。"

"好!收信人!"

"……"

"你想写给谁?"

"娃娃……娃娃她大舅。"母亲吞吞吐吐道。

"叫啥?"

"郭思……思富。"蛮子母亲想了半天。

"行吧！你想说啥？"

"我想他们了，问一问娃娃过得好不好？我……我在这里……都好！让他们不要挂念我。有空了来看我。就这些吧！"

话既开口，母亲又觉得那不像自己说出来的话，也不是自己写这封信的目的。可是不这样说，她还能怎么说。难道要诉苦、埋怨、咒骂？或是说些恩断义绝的狠话？并不是每个家庭都会像蛮子老乡那样宽宏大量，愿意接纳和维系这层血缘亲情。她的家里，只有那个把自己早早嫁人的大哥和几个堂兄妹，他们会愿意来寻找她这个妹妹吗？也许不会吧，巴不得有多远卖多远——当初自己就是这样被"卖"给了第一任丈夫，然后又被卖到了这里。

母亲靠着墙，笑眯眯地应和着，生怕自己说错半句话，她的内心斗争着，眼前似乎也只有这么说才贴切，才不会招惹是非。

不管怎样，了却了一桩心愿，母亲心里还是高兴的。她要感谢那个写信的人，他就像个衔着橄榄枝、为她传递信息的和平使者。看模样他是个好人。她从他一笔一画的娟秀笔迹中，仿佛看到了来自家乡的亲切问候。

母亲并不知道，那个写信的人，原本就是人贩子和买主的中间商。她是由他牵头才被卖到这里的，而她不久前的一次逃跑，也正是这个男人从中周旋，派人将她从镇上抓获的。

只是写信的人一来，母亲就有了来西庄的理由。她穿戴整齐，像是赴约一般将自己打扮了一番——这少不了又被祖母一阵羞辱和责骂。母亲全然不在乎，她的心，现在就是为那一点儿的希望而鲜活跳动着。

从西庄二叔家回来以后,她说别人的娘家都来看了,而我舅舅姨妈们都杳无音信。她说一定是信中的言语不够真诚,因而外婆家没有人答复她。她说也可能是遭遇变故,亲人们没有收到信吧。但是信已经寄出去了并且没有被打回。最后她自言自语道:"转眼好几年了,三个女娃当中那最小的落疤娃也不知道长好大了?你将来要是见了也是要喊一声姐姐的!"她问我,"当真见到了,你会喊她姐姐吗?"说着说着她便不再埋怨,独自瞻望着,双目惆怅地看向远方。

长大后我才知道,那注定是一封无人回复的信,无关乎收件地址和收件人,无关乎母亲殷切的期盼,无关乎能猜想到的种种客观因素。母亲托人投递出去的若干封信皆被中途一一截了去,那些大人自以为是的行为至今都令我难以释怀。我想到那无数个投信的日子,她每次回来后都用各种言语来打发内心的希望和等不到回信的落寞,如若不然,她备受煎熬的情绪将无处释放。

直至今日,从来都没有人告诉她这个残忍的真相。

那时岂止是我,母亲与全家都是对立的关系。这要从母亲的来历说起。

一天夜里,父亲被一阵急促的敲门声唤醒,打开门仔细一看是他的干妹子。一路跑来的她气喘吁吁,给父亲带来了一个可靠的消息:她家的远房亲戚不知道从哪里弄来了一个四川蛮子,谋划着说给北坡的小周。"论品行论相貌,那小周哪会有咱们一半好?"菊花妹子说明来意,一并交代了第二天对接的时间和地点,大周小周哥俩儿会同行。末了还嘱咐父亲一定要打扮一下,尽快出发,切莫错过这次机缘。掐算了一下时间,父亲决定即刻启程,于是简单收拾了一身行头,带上卖牲口积攒下的六百元钱,直奔大妹梅花家。一个人行事心里没底,他需要有人陪同他一起前往。

蛮子局促不安地等待着,两天两夜火车途中的颠簸使她疲惫至极。明明那个教书先生说可以带她去外省打工,明明他是她值得信赖的老乡,明明他一副言之凿凿的语气、人畜无害的样子……一切都使她信服。可她现在恍然醒悟,下了车她一直被挟持着,只给些吃的就被关了起来。她这是被骗了,在一间幽暗的屋子里,她需要扒着木格子窗去偷看前来竞标的两个男人。

"他们一个戴着思奇帽,一个戴着兵帽。你想好了就自己去选。"终于有人肯为她松绑,与她说话,并带她从黑暗之中走了出来。蛮子眼睛一黑,眩晕了好一阵,她用手遮住灼热的太阳,挡住翻滚的云层,自上而下,从天上到人间,两个人的身影渐渐清晰,像从自己的手指缝间一丝一缕脱落出来的光。

现在,她已经适应了眼前的光亮。

父亲穿着一双黄帮鞋,旧旧的,身上的中山装布料已经洗得单薄泛白,布满了补丁,但是很干净;一旁的小周一路劳顿,浑身灰扑扑的,身材精瘦,略显邋遢。蛮子再看向父亲,高而挺拔的身材,他的眼神微闭,能看得出来五官的大致轮廓,从前定也是眉清目秀的小伙儿。她走出来,不假思索伸手摘下了那顶思奇帽。中间人宣布,蛮子看上宋老大了,请小周回去吧。小周不服,说自己愿意在标底四百元的基础上再加一百,这个诱惑让中间人有些犹豫不决。妹夫给父亲使了个眼色,父亲立刻从怀里的衣兜间掏出那压得平平整整的六百元大钞:"我们六百元,现钞!"大周小周面面相觑,毕竟他们并没有做足准备。中间人点了点钱,宣告成交。就这样,这桩买卖婚姻就此达成。卖家收了钱,父亲和妹夫也领着买来的媳妇旗开得胜。

蛮子知道这意味着什么,这个人以后就是自己的男人了。这恐怕是她唯一一次能为自己做出的选择。以后的人生,她依然被操控着,必须要没有心才可以活下去。

起初父亲对这个女人无甚好感。她笨手笨脚,家务活干得粗糙,本来买回来就是指望着她能生个一男半女,可检查完她的身体,才知道她已经上了环,不能再生育了。父亲沮丧极了,刚燃起来的一团希望之火扑腾两下又熄灭了。"这就是命啊!"他自怨自艾道。往事一幕幕,稍一回忆便悲从中来。为避免历史的悲剧重演,父亲只好打发蛮子去山上放牛,去田间劳作,以此减少祖母和蛮子接触的机会。天意弄人,矛盾还是不可避免地爆发了:在山上放牛的她无意碰到了小周。

那天蛮子把牛撒开,兀自悠闲地坐在草地上,邻居放羊的老王媳妇也凑过来,她们并坐在一处拉家常,万没想到的是上山砍柴的小周也聚集了一处。他带了好些干粮,热情地分送给两位一道品尝。老王媳妇接得利索,她鼓励蛮子不要见外,都是一个村子的,以后也少不了相互照料,蛮子犹犹豫豫,但还是接下了那诱人的糕点。偏巧老王媳妇是个多嘴的婆娘,她得了便宜还四处炫耀,将两人收下小周吃食的事情说漏了出去。前有小周不服、觊觎蛮子多时的闲话在村里流传，这次再寻常不过的碰面被邻居解读为不怀好意的预谋。这场祸端先是告发给祖母，而后轻而易举地被传到了父亲耳朵里。各种猜测和预示不胫而走，甚至有人造谣说看到了小周对那蛮子拉拉扯扯，两人进入密林多时，牛都无人看管，任其钻进了地里随意毁坏庄稼。

父亲把蛮子拖进了草房屋，闩着门，抽出了他指挥牲口的那条皮鞭。蛮子的解释、哭喊、求饶都徒劳无用，父亲作为一个男人的尊严扫地，前任妻子的背叛带给他的羞耻感涌上心头，他头脑一阵轰鸣，顿觉失去控制，身体颤抖着，牙齿哆嗦着，他需要借助手里的工具来解决掉这股堆积已久的怨气。一鞭子狠狠抽下去，黑暗中的蛮子当场晕眩。惊恐着，号哭着，她吓得脸色凄惨，一顿皮开肉绽，瞬时没了呻吟声。

等她理清头绪，逐渐恢复了意识，才想起来为自己据理力争。"我真的没有做过什么对不起你的事，不知是哪个坏良心的，你莫要冤枉了好人。"蛮子哭得声音沙哑，她完全不知道该怎么做才能消除施暴者的戾气。父亲不分青红皂白再抽下去，蛮子噤声不语，任凭涕泪交垂，她为自己当初的那个选择感到懊悔：他曾经是一个风清月朗的小伙儿吗？此刻眼前的男人分明是自己招来的恶魔。于是她瘫坐着，不再反抗，也不再努力争取什么了。横竖都逃脱不了这场暴打，这是她为自己的选择付出的代价，皮肉之苦尚且可以忍受，可精神上的奴役使她一个激灵，她鬼使神差站立起来，用一双炽烈赤诚的眼睛死死地盯住怨气未解的父亲，那眼神仿佛在说：你打吧！尽情地挥洒你的愚蠢，你才是个肮脏的人。

父亲熟悉那眼神,那是一股宁死不屈的倔强。它曾出现在顽劣倔强抗拒大人的孩童眼里,也出现在被冤枉无可辩白只能低头认栽的自己眼里。那样的眼神有统一的潜台词——我坚持我的信念,暴力不能使我屈服,谁也不能篡改真相,我软弱但我不认输,我有真理庇佑。父亲双膝一软,跪到地上,他猛然意识到了自己的罪过,他看着不再哭闹的蛮子,再看看蛮子眼中的自己:他变成了当初批斗自己的那个刽子手,手里的皮鞭是他的作案工具,悔恨的泪水在他的脸上攀爬,有一丝顿挫的疼痛层层叠叠包裹成蚕茧将他团团困住。

为什么会是这样?为什么是他遇到了这种事,为什么偏偏是他来执行错误的判决?接连不断的疑问纠缠住他,他挣脱开,爬过去抱住此时回过神开始浑身战栗的蛮子大声号哭。蛮子感到冰冷而麻木,疼痛又悲悯,对这个打完自己又抱着自己痛哭的男人,她有种说不出的感受。

当暴打和被冤一样成为一种生活常态,蛮子越来越能接受曾经那个抛夫弃子、妄想外出打工赚钱的自己——这也是她为脱离苦海所付出的惨重代价。

但倔脾气的蛮子不会轻易原谅父亲的过失。

二叔二婶等一众邻居朋友们跑过来好言相劝。二叔扶着锄头站在门外冲着里头道:"大哥是一时气糊涂了,嫂子你不要往心里去,让他给你赔不是!"

二婶走进去拉了一把椅子跟她坐成一排,委婉劝说:"别哭了,对身体不好。西门老屯家来了一个新蛮子,也是四川的蛮子,你过去说说话。"

她耳根子软,轻而易举地被劝动了。父亲应该是没有道歉的,但他自此收了凡事不经过滤的暴脾气,从此不再分工劳动,而是尽量守着她,两个人起早贪黑,日出而作,日落而息。不管婚姻是以何种形式到达,漫漫的岁月之中,那些共同走过的路途,初尝的体验,以及遭受过的伤痛,都会雕刻在两个人的回忆相册里。她则时不时地会去翻,而父亲始终是制作这本相册的人。

我是在她与父亲结合后四年,才来到这个家里的。刚抱来的那一个晚上,父亲满眼欢喜,蛮子却无动于衷。她不止一次地叙述过有我以后的烦恼:没有奶水喂养,一个月大的我必须要喝奶粉,并且没有白糖也绝对不行。祖母和父亲张罗着用家里所有值钱的东西去变换白糖,她却对着哭闹不止的我犯了愁。白天要做重活,晚上要不停地给我换尿布。灯泡必须亮着,光线一暗我就极其敏感地大声啼哭,一整晚不得安生。她劳心费神,昼夜不宁。过不了多久,蛮子就因为睡眠不足而患上了精神焦虑,体能急剧下降。这使得祖母用以责骂她的罪状又多了两条。

出于无奈,我被交给鲁山的几个表姑轮流照应。一开始她们自己翻山越岭来我家小住,后来终也受不了祖母的刁钻刻薄,干脆带着我回去养着。我就像一个漂流瓶,跟随着远方的表姐表哥们顺应着他们生长的势头而生长。蛮子因此从照顾婴孩的麻烦中得以解脱,祖母却泪眼婆娑,逢人便诉说这婴孩命苦。

因为政策,生于 20 世纪 80 年代末的我成了我们那一带少有的独生女。只要有人玩,做什么、去哪里都行。我唯一的玩伴只剩下母亲了,但她不会玩抓猪骨仔,不会打针织手套,也不会在端午节给我编系五色线。诚如祖母所说,她什么都做不好!为什么我要有这么丑陋又笨拙的母亲?

蛮子蹚小路无意间闯了毒蜂窝,中毒严重。被人发现后用担架从山上抬回了家,五花大绑的,晾在院子里的一张席床上。我凑过去看她,她直挺挺地躺着,蓬头垢面,满脸肿胀,大大小小的蜇痕遍布她的腰间和肚子,嘴里发出模糊不清的呻吟声。医生上门打了针留了药,乡亲们闲谈商量着如何用土法快速消肿,有人还举例说明这种毒蜂的厉害之处。

"听说山后就有人被拧了一下,人说没就没了。"

"数树弦子的毒最烈,身体素质好的最多能顶个把钟头。"

"蛮子这次是点儿背,那条路平时很顺当,估计马蜂窝也是今年才垒的。"

正说着,不知是谁百无聊赖地逗我:"你过去看看蛮子,那可是你母亲!"

我被这句话刺激道:"那个蛮子,死了算!"我学着祖母的腔调口不择言。

父亲跑过来训斥我:"她死了你就没有母亲了。"他的眼眶红红的,"她死了我就没有……"父亲并没有将后边的话说完。也许一向粗暴对待她并非他的真意,否则他不会在众人面前袒护她,流露出一种凄然的恐慌。我第一次看到父亲挺身而出,为了维护她,不惜责备一向被捧在手心里的我。

在众人的评判声中，我俨然觉察到自己的莽撞和无知。我低估了蛮子在父亲心中的分量。一个从凄风苦雨中走出来，再次遭受暴力对待的女人，从某种程度上来讲，与被压迫了半辈子、隐忍了半辈子的父亲有命运共通之处。也许前世埋下的孽缘，今生半路才能遇见。蛮子的遭遇最终激发了父亲身上的良知。他不愿再做那个只会使用拳头的无能男人，而是痛改前非，想要极力去维护和爱护她。

父亲竟然也学会下厨了。二叔送来一块五花肉，他兴致勃勃地挽起袖口准备一展身手。这次换蛮子添柴，同时也担当指导员。武火大油，父亲却也把握得住，一碗红烧肉色亮醇香被端上了饭桌。我拎起筷子，打算先下手为强，父亲却挡住我的去路，并用眼神喝退了我，夹走一块率先放进了她的碗里。蛮子的眼睛亮晶晶的，脸上有了鲜艳的颜色。

渐渐地，她身上的新衣服也多了起来。

抚养一个非亲生的骨肉，照顾一个中年失意的丈夫，维护一个家庭的颜面——她需要拿出很多很多的勇气。砍猪草，种庄稼，洗衣做饭，照看牲口及一家老小，她忙前忙后，一刻都不得空闲。没多久，她就用自己的勤劳和善良赢得了全村人的关注。那些先前称呼她"蛮子"的大人和小孩，渐渐地都把称呼改成了"蛮子婶""蛮子奶""妗子""嫂子"等。她依然是使用"蛮子"代号的无名氏，可她的身份逐渐融入了当地人的生活，所有人都开始使用一种客气的口吻欢迎她的加入。

我开始叫她"母亲"。她也开始努力学习如何做一个合格的母亲。

那是我与母亲关系破冰的最初阶段。她有段时间不再去西庄等待写信的人上门,但仍是一去大半天。没过多久,她就央求父亲给她打磨几副粗细不一的对针,并将自己身上的一件绿色毛衣拆了,用旧毛线练习给我织手套。

围着火盆,明亮的火苗照耀着她专注的脸庞,她永远只会使用一种针法反复穿插和挑线。像过一个郑重的节日那样,一家人都满心期待着她能完成第一件作品。父亲一向对女红嗤之以鼻,不过他的眼睛也亮晶晶的,用火钳翻转了一个火头,转过脸来询问我:你感觉你妈能行吗?她那么笨,什么都做不好。他的脸在火光里一蹿一蹿的,期待着我的认同。我点了点头,此刻作何回答都是赘余的话。父亲心中有个答案,导致我看他眼色行事的结果就是后来不得不戴着那副歪歪扭扭的手套去上学,然后被全班同学嘲笑个遍。那一次,我的勇气修正了我的判断标准,我不觉得那是母亲的错,要错也是我不该将这副手套戴出去,但我却如此心甘情愿,拿出母亲笨拙的一面示人,我愿意与她站在一处,接受大家公开的检验。

接下来的那个端午节,我主动要求她给我配五色线。她便忙碌着东拼西凑各色线绳去为我张罗。我跟着她,去看她如何向人讨要东西。看她涨红着脸说明要求,见别人不太搭理她,依然骄傲地把我推至人前说:是娃娃要戴,我以后要学着点儿了。她祖母岁数大,眼睛花了。以后这种事就交给我喽!

执拗的母亲想方设法达成我的心愿,哪怕她一无所有,除了白色、黑色和绿色毛线,其余的颜色都必须去借。最终,那一年我如愿戴上了一条缤纷的五色线,赢得众人喝彩。站在一众的艳羡神色间,我也终于证明我的信念:将我与母亲联系在一起,并不一定只有坏事发生。

作为我的母亲,她表现得不够出色,照顾我的每项工作也做到将将及格。为我洗澡,洗衣服,做我爱吃的饭,在我的恳求下,带着那根骨折变形的手指与我抓猪骨仔,游戏输了,她懊恼地打乱局盘。这骨头太小,你下次换大的来,我再跟你斗!再后来则说,不玩了,没意思,我总是输,该给猪割草了。母亲越来越彰显她的个性,我也成为越发乖张的女儿。她仍在努力维护我和她的母女关系,但凡是她做过的,她都尽力了。

父亲去世以后,家也瘫痪了,变得难以料理。正上高中的我,必须在三天后回到学校。我完全不能想象母亲在一贫如洗的家里是如何独自支撑着生活。半个月后,有媒人上门说亲,无人做主,母亲竟就这样潦草地将自己的后半生托付了出去。

她出嫁前的那个周末,我返回家里,用小锅给母亲做了她爱吃的蒸面条。面条一出锅,她开始对着那碗面出神。

"把第一碗给你父亲送去!"她吩咐我。我没动。

"你怎么这么不孝顺呢?快给你父亲送去!"她冲我发脾气。我埋下头扒碗里的面。

她抢过我的碗,撂在桌子上:"谁教你的这么不懂事?大人还没动筷自己倒先吃上了?"

"你到底还想怎样?"我把筷子一推,腾地站起来,把她的面和我的面倒进锅里,端着锅走到父亲的坟边。我正准备一锅倒出去,母亲跑出来,拼命拦住了我,趴到父亲的坟上号啕大哭:"你死那么早干啥?你看看你养的好闺女,我现在管不了她,她自己大了,她有自己的想法了!"

我头脑昏聩,转身冲到厨房里找到一把菜刀,走出来架到脖子上,对着她喊道:"都别活了,都死了干净!"

母亲吓住了,她面色苍白,慌慌张张地爬起来抢过我手里的刀,拽着我摁住我的头将我制服在父亲坟前。"快给父亲认错。这孩子傻了,她不会寻短见的!老大你原谅她!"她搓着手,使劲在地上磕头,泪水爬上了她疲惫已久的面容。

"他已经死了!"我冲母亲咆哮,"但你跟我还活着,我们是活人,我们要吃饭,要睡觉,要上学。他是死人,他只需要睡觉!"

母亲睁大眼睛望着我,她没想到我会这么说。"谁死了?你说谁只需要睡觉!你这个没良心的。你父亲生前那么疼你,你竟说出这种没良心的话。她父亲,你睁睁眼看看,这就是你娇惯出来的好娃娃,你听听这混账话!"

我闭着眼大吼了一声:"你闹够了没?你明天都走了你还想怎样?这里再不是你的家了,你管我父亲干啥,你更管不着我的死活!"

母亲愣住了。半晌,她回过神,看着失去理智近乎咆哮的我。她收起哭声,颓坐在地,怀里抱着半锅冷面,用手往嘴里塞面条,边塞边喃喃自语道:"是的,明天就要走了,我要吃饭,我要活着……"

看着那双粗糙的手和着送进她嘴里的泥垢,我一下子哭了出来,

047

跪倒在地紧紧地抱住了她。这个弱小无助的母亲，她太可怜了！我应该如何安抚她心里的残缺和伤痛？

傍晚，叔叔们来了，他们是来商量母亲明天出嫁的具体细节的。母亲如梦初醒，抹了抹泪，努力打起精神说："那家会给钱吧？问他们多要一点，给娃娃留作学费。我自己就带几件衣裳过去！"叔叔们点头应诺，安慰她说："对方是老实厚道的人，有两个儿子都已成年，十分孝顺。家里上有两个老人，生活可以自理，他自己倒也身体强壮能干得了重活，将来嫁过去也只是洗衣做饭照顾家务，绝不会委屈了你！"

婶婶也帮忙劝："以后这里是你的娘家，这么大一家子人不会看你受欺负的，你有不顺心的就告诉我们，大家都为你撑腰！"

母亲点点头，想了一下，转身去里间寻找我："娃娃，你听见了吗？他们说会给钱，那些钱到时候你自己放着，派得上用场，母亲要钱没得用处。"

我鼻子一酸，难过得又差点流出眼泪。谁能想到，母亲会心甘情愿把自己"卖"了。

十多年的光景，母亲在后来的家里操持着大小家事，她默默劳作，苦的累的活儿一样没落下。先后送走了两位老人，看着两个继子结婚生子，圈养了一大群鸡鸭鹅，配合继父养牛，还有两头猪和几只羊。每次去看她，首先迎接我的就是鸡飞狗跳鸭毛飞舞的前院。我努力把这个有母亲的地方当作新家，晚上跟她睡一张床，听她讲过去的事情。可我内心隐隐约约地知道，我在这里始终是个客人，他们一家人乃至整个村子的人都待我恭顺客气。我有很长一段时间相当迷惑，母亲在这里扮演的到底是一个什么样的角色。

没有了大山作为背景的映衬，一下子跳脱到都市生活的我仍然不习惯这个身份突兀的转变。只要有机会，我便爬上继父家的小山坡，寻找深山老林里的一点点余味和痕迹。我小时候黏着母亲的习惯保留至今，只要有一刻找不到她，我就必须出门四处找寻。当然大多数时候她都在田间劳作——那个辛勤耕耘，十年如一日坚守的母亲，一双手翻腾过多少遍坚硬的泥土，直到她必须爱上这片热土，并饱含热泪，亲切地称之为"故乡"。

有一回母亲在做饭，继父在院子里优哉地与我聊天，他用略带炫耀的语气说："你看你母亲来了以后是不是享了不少福，什么重活都不必做。这比你们那山沟沟里生活条件好多了！"

我别过头，心里有所触动，并不想接他的话。在他眼里，父亲的性格粗劣，只要母亲稍有错便会对她拳打脚踢。他格外强调自己不会打骂母亲，也会爱护她照顾她知冷知热。母亲也很反感他常骄傲自居，并拿他与我父亲做比较。她有一次当着我的面与他顶嘴："她父亲待我再不好，也知道干完活回到家里帮一把手，不管帮我添柴还是打扫院子，他一刻都没闲过。你倒好，干完活坐在那儿干等着吃现成的，吃完了饭碗一丢跑个没影！"

在我跟前，继父极力表现自我。听母亲说，家里的地板只有我回家前的一天才会被擦上一次，也只有我回家的时候他才会帮她烧火做饭,刷碗洗筷,并且特意留出空当给我们母女作为私密时间。继父想得到我的认可,他认为我是母亲的命脉,只要抓住了我就等于抓住了母亲的心,可他忽略了母亲的真正需求。

"母亲,你就让一让他,他毕竟是个男人,哪里干得了家务活。"

"谁说男人不能干家务活了?你父亲就算头一个!"

我哑口无言,知道她的心里还装着父亲。

母亲也是有着温暖过去和坚硬壁垒的,继父根本无法攻入或打破。

在上海工作的两年里,我回家的时间变少。朋友们相聚,席间总会谈论别人的出身,自己的家乡,还有父母亲的管束。我躲在角落里独自黯然。我可以不避讳我复杂的家庭、出身,但我不得不羡慕他们的父母亲,来自遥远的唠叨、烦躁、催促、教条和捆绑的种种。这群幸福的人啊!他们不知道只要父母健在,无论他们对子女做什么都应该被感激——感谢他们的存在。而我知道,羡慕终归是羡慕,我也曾得到过那样的爱,他们给过我最丰厚的爱和最宽广的自由。于是我再度回到饭桌上,与他们一起举杯、一起碰撞、一起高谈阔论。多么崇高的人性,上一代哺育我们,守护我们,一直到他们生命的终结、消亡,再有下一代的传承和延续,生生息息,无穷无尽。他们永远被值得赞扬。而活着并有机会去奉养他们,也是我们极大的幸福啊!

我就在这番感慨中再度接到不好的消息。

母亲在午后摘花生时突发昏厥。我收拾好行李,打点好工作迅速赶回老家。看到她躺在医院的病床上,虽有亲戚临时看守和陪护,可我一到他们就交代两句仓促抽身离去。医生告诉我母亲有脑梗死症状,到了她这个年纪也算正常,以后可就要注意了。他拿着一张片子试图解释指给我看,我慌忙去找手机百度搜索。

陪母亲住院的几天,我守在床尾,整夜敲打键盘写文档,母亲睡了一会儿就醒,一定要爬起来看看我。我要她先睡,她摇摇头,杵着嘴,闭着眼,睡了一会儿猛地惊醒再看看我。我知道她可能是有话要说。

"母亲,你想说什么就说。"我鼓励她。

"真的?不打扰你工作?"她枕着双手,像个听话的孩子。

"不打扰。"

她果真打开了话匣子,从我们家的叔叔婶婶到他们村的邻里乡亲。母亲原来装着一箩筐的话要对我吐露,许是太久没见我了。而我只能漫不经心地听着,手指尖并未离开键盘。那一夜我在她的话语声里完成了工作的内容,也听她叙述了十多年来乡村变革的整部历史。

天亮了母亲说她腰疼,我问她怎么会腰疼呢?她说外面可能要下雨,我跑出去看,果真见天阴沉着。无人的时候母亲告诉我,前几年她摔过一次,腰椎骨折没有修复彻底,因此落下的病根,一到阴雨天就会疼痛。我惊讶于我怎么会不知道此事。母亲恓惶地解释,是她自己央求他们要瞒着我的。

"那为什么会没有治疗彻底?"

"住院时间越久就越花钱,你也知道家里的情况……"她压低了声音。

我胸口立刻升起一股愤怒:"妈!你当初嫁过来的那钱我一直没有

动,缺钱你可以对我说。"

母亲扯了扯我袖子:"小点声!"她看了看门口,"那些钱你可要拿好了。我自己尚且顾得了自己,现在还能干得动!你妈就这点本事了。"

自己病来如山倒,还一心惦记着女儿的生活费问题。我的母亲,早已学会了如何做一个伟大的母亲。

出院后,母亲的旧疾反复发作成为我的心头隐患。每一次听到她在电话里抱怨,我都忍不住强烈自责,是我的错,是我没有照顾好她。我愧对父亲,也愧对她。这份愧疚反复提醒我,过去与苦命搏斗了半生的母亲,她应当被温柔以待,享受一个岁月静好的晚年。

我在心里给自己定下了一个郑重的承诺。不管是缝缝补补的家也好,分分合合的家也罢,母亲在哪里,我的家就在哪里,她用余生换来我的前程,而我的余生都要守护她。

草房子

还是婴孩的我来到这个家的时候,父亲就已经年逾半百。因而对于他居住的那座年久失修的草房子,我是没有多大印象的。奇怪的是,也许是叔叔们总爱念叨的缘故,关于这座房子的过去就像我脑海里新生出的一部分记忆,使我能够更加清晰、直观地描述它修缮的过程,和在这个过程当中,我没能看见的那个为之奔走、举债、操劳、疲惫和处处作难的父亲。

祖母一家居住在后来批建的宅基地上,三间房,外加另起的一间灶房,祖父一代人用石头垒成半弧形院墙,将菜园子和住宅分割开来,上下两条跨河的路,蜿蜒爬行相交直达这座瓦房宅。父亲称之为"瓦房屋"。在他和祖母关系最为紧张的那个阶段,他也会用瓦房屋来指代对祖母的称呼。家里熬了一锅鸡汤,第一碗盛出来,他会吩咐我道:"去!给瓦房屋里送过去。"一大早天还没亮,门外已经锣鼓喧天,一阵叫嚷。父亲无奈地叹气道:"又是瓦房屋里作妖,这日子啥时候是个头咧!"再后面,父亲会无意间询问我:"瓦房屋里最近有没有缺少啥?你去问问,我明天要赶集,顺便给她添置上。"

有了母亲以后，父亲决意要跟祖母分家。此前，他一直居住在西院的二爷爷家，在那段寄人篱下的日子里，他失去了他的两个儿子和他的前妻。因而拥有独栋房子的念头像一团愤怒的火，不断地燃烧、蹿动，再燃烧，再蹿动，一刻都没有熄灭过。叔叔们这样形容说："如果继续在草房屋里住下去，不需要外人掺和，那座房子早晚会被他们吵塌，梁子柱子吵散架。"同处一室指定是住不下去的，在那里度过的每一寸光景都是一场硝烟四起的战争。他们是水火不容，上一辈子的冤家、仇家！这样的母子关系实属罕见。

　　我终于长到四岁，祖母不忍心放手，但我必须要回到父亲母亲那里去。父亲争取到草房子的居住权，带着我和母亲，以及零星的几件家具搬了进去。分家的那天我有印象，堂兄三哥和七哥都过来当中间人，先把祖母霸占的家具撤除掉，剩下的无用之物基本上皆由父亲领受：一张高头桌，一个锁把坏掉的木箱子，一个高马扎。父亲甚至连一把椅子都没有捞到。祖母仍然是一副不情愿，别着头，奓着眼，嘟囔着。纵然哥哥们摇头，也得安慰她，她狠狠地丢了一句："他不配！"

　　当着说话有分量又会哄她开心的两个孙子，祖母算是含蓄且克制的。

　　她的脾气没有大爆发，只是拄着拐杖，冷冷地再次看着她所嫌弃的物件一件件被抬走，与父亲即将领受相比，那些物件反而在此时令她有些依依不舍了。家具分配停当，双方暂且没有异议，下一步要面对的就是我的问题，我并不明白为什么一提起我祖母就止不住地颤抖。她甚至都不看我，只自顾自地嘶吼："我苦命的孩子啊！交到那两个不要脸的人的手里，这不是要了我的命吗？"她坐到门槛上，双手捶着自己的膝盖对着天喊，"我伺候到这么大，倒让他们俩得了便宜！你们当家的，你们评评理！"哥哥们面面相觑，苦笑连连。

我站在一旁，看着这个四分五裂的家，此刻是我该做决定的时候。

"你同意跟着祖母还是父亲？"七哥对我说话的语气总是温和、恭顺的。的确，我是这个大家族里的特殊存在，唯一一个被重视且不敢轻慢的女孩子。父亲带着复杂的眼神看向我，我望了望捶胸顿足的祖母，耷拉下眼睛，不敢说话。然而结果是必须要有人拿出决断的。最终我这个被祖母视为心头肉的"大物件"被宣判给了父亲，祖母一听到这个决定，像是听到了某种噩耗一样，丢了拐杖，死命拽着我，把我往怀里揽。哭爹喊娘的声音惊天动地。邻居们对我家的动静早已习以为常，但今日热闹非凡的景象还是引发了他们的围观。

"只是分家了，又不是见不到人了，她无论何时都是你孙女，你对她好她哪能忘掉。"

"老三奶消消气，也为孩子考虑考虑，她大了，早晚是要跟自己的爸妈在一起住的！你上了岁数，顾惜自己的身体才最重要。"一番苦口婆心的劝导，再加上邻居们七嘴八舌的议论，祖母没了招，撒开手，佯装抹了一把眼泪，又拾起了她的拐杖。最后这场交易以父亲不再要求任何家什为代价达成一致。

起初我并不习惯草房子的味道，冬天阴冷，夏天潮湿，总隐隐约约透露出一股霉味。墙壁被烟熏火燎成黑色反而更像漆上去的颜色，凹凸不平处裸露出土坯，我用手摸过去，总感觉有一块黏土会被我抠掉，我想象着这座房子瞬间轰然倒塌，我们一家三口必然都葬送于此。因此睡觉时总有一种不踏实感，我常常半夜被某种声音或者光线惊醒，吓得一身冷汗，蒙着头缩进被子里，然后就听到那种惊扰离我更近，恐惧感被无限放大。

　　离开了祖母，我不知道还有谁能保护我，所以我亦没有在危险来临时求助父母亲的习惯。小小的我，只能在黑暗里无助地等待，等恐惧消失，等睡意席卷，等光线一点点发生变化，等白昼的时刻，所有的悲伤、痛苦、绝望的情绪只得自己消化。我那个时候观察着这个分裂后的小家，有一个人，他的境遇远胜过我的一切失落情绪的总和。父亲沉默且隐忍着，这种长久压抑的情绪在他原本羸弱的身体内凿通暗道，打通他的五脏六腑，用不了多久，他就会遭到各种疾病的骚扰。

　　将近百年的草房子是一个家族兴衰的见证者，它经历了日晒雨淋，岿然不动地屹立于此。那时候已经没有祖父，父亲原本该成为这个家里的掌权者，无奈他不是祖母的对手。家中事务，上自财务掌管，下至我的衣物换洗，一家人吃穿用度一向皆由祖母说了算。那么这一次的分家则意味着父亲拥有了独立自主权，他可以不听祖母的调遣使唤，他可以在这个家翻身做主。然而并非所有的事情都能够像分家产一样一分为二，划分得当。那场暴风雨还是突然来袭了，我从未见过那么大的雨，天空像漏了个洞，老天爷打开了闸门，要将所有的雨水倾泻到人间泄洪。淅淅沥沥的小雨、不闷不响的风从来不会对这座饱经风霜的草房子构成威胁，唯独这次，它暴露出风烛残年老人的特征，喘着粗气，拼了命地抵抗暴风雨的侵蚀。它也许不曾预料，百年之内，会有这样的命数在等待着它，暴风雨以摧枯拉朽之势而来的那个中午，阳光猛烈，我在草房子里正酣然地享受着午睡。

　　突然父亲摇醒我，要我赶快起床，我迷迷糊糊醒来，他的身上披着一张塑料布，戴着一顶草帽，浑身湿漉漉的，焦灼的眼神里透露出一种紧张和疲惫，额头上不知是汗还是雨水，一直淌进他的眼里。他不断地眨着眼睛，那种酸涩感使我意识到外面发生了什么。他语气急促道："娃娃儿！快起床，穿厚点，躲到瓦房屋里去。"他的手冰冷，胡乱地塞给我一件衣裳。门闩着，屋内光线昏暗，母亲已经立在厅堂里，双手正要合上一把老黄伞，浑身湿透，一脸无可奈何地看着外面。我听见雷电的声音由远及近，轰隆隆的，又咔嚓一声，老人们说这样的天气是龙王爷要把做坏事的人抓上天。我打了个寒战，紧了紧衣服快速起身。父亲把另外一张母亲平时用的塑料布递给我，两个角一绑住，系在我的脖子上。他吩咐母亲撑伞把我送过去。推开门，我刚踏出去一步，那呜咽的风卷着雨水像冰雹一样拍打在我的脸上，集中火力，突兀地奇袭我这个不知天高地厚的幼儿。我抬起头，看见整座房子的屋顶在风雨中将要被掀翻，茅草和黏土正被大自然的可怕力量一点点地拆解。门前的树摇晃着，从梢到根，扭动着，像软瘫的面条。地里一人多高的玉米棵齐刷刷地应声倒地，到处都是雨水冲刷的声音，屋后、山上、门前、河道里、田地里。平日里喧腾的小动物们都躲藏起来，只有风的猛烈、雨的急促和雷电交加。我不敢说话，不能呼吸，甚至站都站不稳，临下最后一个台阶，一阵风把我的步伐吹成一个趔趄。母亲护着我，她的伞阻挡不住风雨的侵袭，那把伞像是摆设，只相当于戴了顶随风飘摇的帽子。我必须要快,要用我的步伐快速跨越障碍,到达一处安全的避风港。天昏地暗,那个被眼前景象吓到的我还不能定义为世界末日般的前兆,正因为我年少无知,我对自然界的真实残酷才无从猜测。

把我安全送达,母亲执意要回去跟父亲并肩作战。我把身上的塑料布解了,母亲换上,她掀开雨帘,一头扎进雨里。我知道他们要去拯救那座岌岌可危的房子。

"淋湿了吧?"祖母问我,"这雨来得太急了!地里的庄稼遭了殃,恐怕秋收又没指望了。"她望向外面,风吹得木门吱吱呀呀作响,雨水泼进来,埋进眼里。我要上去关门,祖母阻拦我:"你爹爹还没有回来,你不要关!"

"这雨天,他出去干啥?"我问。

"你别管,玉米棵都倒了,总得有人扶!"

"可是雨后再扶也不晚,再说有父亲呢,他这个天气跑出去可不叫人担心?"

"这个家我能指望上他吗?你父亲长你父亲短的!这分家才几天,你就分不清是非了!"祖母用手指戳我的额头。她批评的语气里带着几分不忍,我倒不和她计较,我再次望向外面,茫茫然,不知道这雨何时能歇。

然而我并没有盼来雨歇,而是盼来了一场殊死的搏斗——父亲和爹爹打起来了。母亲慌慌张张跑过来解释说,他们一人一把锄头,在大雨里对着彼此挥舞了一阵,然后哑巴慌乱之中捡起了石头,砸中了老大的额头,老大当即血流满脸。

"这大下雨天,哪个当(地方)有医生?娘你快想想法子嘛!"她竟然试图来请祖母帮忙,看来母亲是慌不择路六神无主了。

"他们为什么会打起来?"我问道。

"不用说都是你们惹的事,下雨天也不得安宁,你先去传我的话,去把哑巴拉回来!"祖母不怒自威。

母亲慌慌张张地冲进雨里,她没有带伞没有戴帽子,雨水用她的头发糊住了半张脸,不让我看清她的神情,我只看见她的嘴巴里鼻孔里到处都是水渍。外面大雨滂沱,我们那块低洼地想必也是泥流成河。

不一会儿哑巴爹爹一瘸一拐地回来,流着哈喇子,裹着严严实实的塑料单,笑嘻嘻的,一副事不关己状。父亲紧追上来,沉着脸,捂着头,血顺着他的手指缝往外流,再迅疾的雨水,显然也赶不上血涌的速度。母亲一把拿过沾泥带水的锄头,近乎哭腔地祈求:"娘!你快帮帮忙吧!老大再这么流,血都要流干了。"

祖母猛地站起身用拐杖杵了杵地,道:"吵吵什么,多大点儿事?"说罢转身进了里间。

"父亲为什么跟爹爹打架?"我仍盯着这个问题不放。

母亲瞪了瞪我。

"娃娃别担心,父亲没事。"父亲答非所问。

我看着祖母从里间掀帘而出,她一定是从她的百宝箱里找来了红药水和纱布,母亲帮忙,二人合力帮父亲完成包扎。我盯住哑巴爹爹,想从他脸上获得答案,他双手比画着,嘴里咿咿呀呀回应我,努力辩解着他的无辜。祖母一巴掌拍过去，哑巴爹爹没趣地摸了摸头，停止了继续向我解释的动作。半晌，雨没有停，风继续穷追猛打。

这个瓦房屋檐下，谁也没有开腔，一家人沉寂，静默得宛如厅堂中央悬挂的那幅浓墨山水画，而我分明预感到一种信号，一种毫无秩序的混乱和恐慌，即刻到达。

先接收到这个信号的是父亲，刚刚包扎好的伤口丝毫没有影响他经验头脑的判断。我们所在的那个厅堂中央，从柜子后面涌出来一股泉流，脚下开了河，整个屋子被涌进来的雨水浇灌，一层层铺满。父亲忙起身，手握着锄头，踮起脚，吩咐我们躲到一边，他先是从最里面的泉眼处刨地，挖了一个洞，顺着洞口引开了一条小渠通向门槛外面，一直到雨水被引流到院子里，瓦房屋再度回归安全。祖母仍阻拦着不准父亲刨地。"该死的！你怎么不去刨祖坟！"见祖母气急败坏，一旁的哑巴爹爹张牙舞爪地又想动手，但他看父亲的真实目的逐见成效后自觉地松了手。

"父亲，草房子，你去看草房子。"我惊觉似的捉住他的锄头。

父亲轻轻地推开我："没事，这里比较关键。娃娃不急！"他的脚步挪了挪，显然局促地等待着。咔嚓一声响雷，不知道哪棵树被劈中了，噼里啪啦的，风呼啸着，要将摧毁的事物拖进死穴。"快去看看吧！"祖母发话道。

父亲"唉"了一声，两步并一步冲出去，祖母跟着跑出去。

"我也要去！"

祖母拦不住我。

我试着猜想，那座我离开没多时的草房子，就凭它浑身散发的腐朽味道和陈旧气息，注定了它不是这场夏日暴风雨的对手。它会是一个占据下风的失败者。但我内心深处又存留一丝不灭的幻想，我希望它能够扛过这次难关，我那时的心情就像怀抱着破旧的娃娃，本该丢弃却于心不忍，并在某个时刻幻想它能够携带我的寄托，羽化成人，平安躲过此次劫难。

那半扇松弛的木门被风带动着扭转。母亲欲抢先一步关掉那躁动的声响，父亲反倒哗啦一声把那扇门推了进去。屋内积攒的雨水一层层如同黏稠的浓汤灌满厅堂，黄色的泥土，不需要渠道引流，它们找到了一处通往外界的低洼，浩浩荡荡地顺势而下，汇入门前的河道。

"不是已经挖了檐沟吗？"母亲抱怨道。

"我挖到一半就看到哑巴在地里扶玉米，他后面淤积了一大摊水，半坡处有松动的石头，这样的天气，泥石流随处可见，人在那里是很危险的，我就去劝阻。"父亲没好气地说。

"就你多管闲事！自己家还泡在汤里。你看咋个办嘛？"母亲急了，她以女主人之势大发牢骚。

屋顶有几处漏洞哗啦啦地浇注，还有几处滴滴答答地漏雨，母亲找来桶和盆接着，慌忙抢救几件不值钱的家具，她手忙脚乱，挪腾不及。父亲先是把小溪流的河道做好，手里的锄头只顾着剥离开地面的一层皮，来不及垫实虚土，又急急忙忙冲出去挖后檐沟。我脱了鞋，赤着脚在过屋的水塘里蹚来蹚去。平时大人不允许我下河玩耍，难得有这样的机会，脚丫子被水流冲洗的感觉快活极了。我亲眼所见草房子的坚固，纵然屋顶和地基不争气，但那固若金汤的夯土墙和顶梁柱，使我对它的认识有了改观。我不应该害怕的，在这个屋檐下生活，我完全可以得到很好的照顾。父母亲忙活着，我卷起裤腿蹦跳，踩着屋内的水自娱自乐。外面的风暴就在这样不被重视的间隙里停下来了。

天说晴就晴了。草屋顶被雨水洗刷过，被太阳晒过，竟溢出一种田野的清香。我睡得太沉以至于梦里都仿若置身在一片花海当中。好似我心里想说的话被老天爷听到，它成全了我。

然而这个梦又被现实捉弄了一回。

醒来就听见瓦房屋一阵吵吵嚷嚷，父亲母亲和祖母爹爹又吵起来了。只听见祖母站在院子里破口大骂：这两口子没一个要脸的，真是坏了良心，昨天就在我家里一盏茶的工夫，我的镯子就不见了，你说说这好好的物件，就锁在柜子里，它不是被人偷了难道是飞了不成？我跳下床，只见父亲脖子涨红变粗力辩道："你的东西锁进里间屋箱子里长出毛来都不会丢，我就进了你堂屋里一下子就没了，冤枉人也得有个度吧。啥事都要讲证据！"

祖母更来气了，"讲证据？你兄弟昨天动手打了你，你不解气，索性偷了我东西，给你们狐媚的两口子有什么好讲的？"祖母说着就把手指头戳到了母亲额头上。

"娘你真的是不识好歹，老大昨天是帮你清理后檐沟，还想法子拯救你瓦房屋里头，我们的房子都差点淹没了。"母亲抹着泪，呜咽着，动也不敢动。

看笑话的邻居们不嫌事大,他们还想知道祖母下一步会如何发挥她的想象。

父亲气得嘴唇发抖,把祖母的手拦下,挡在母亲面前说:"娘!你好好想想吧,哑巴他是我兄弟,他怎么对我我都不跟他记仇,你有气撒我身上,不要对蛮子撒气!"

祖母一听到父亲袒护的话,正中她的心事,不免又伤怀起来,扯着嗓子喊:"一个不会生养的蛮子,是个男人都被她勾引个遍,你倒当作宝贝养在家里头。我这辈子真的活得窝囊。宋老三,你死那么早干啥,你倒是睁开眼看看你这一家子留的什么种,造的什么孽!"祖母的巴掌盖过来,她想打在父亲脸上,父亲闪了身,她扑了个空。哑巴爹爹看见自己的母亲削了气势,二话不说,一股蛮力上身,青筋暴跳,他双手使劲一推,母亲一屁股蹲坐地上,毫无防备的父亲则跨过母亲被硬生生推出去,越过院墙的缺口,跌下崖。我追过去看,追到院子的边缘处,看见父亲痛苦地跌落到五六米下的乱石堆上,并发出"啊呀"的一声惨叫,我在那时,亲耳听到一个人因肉身的痛苦而发出的凄厉的声音。

那是我的第一次,感官上对人性恶的部分有了模糊的认识。

一阵喧哗和惊叫之声过后,父亲被七手八脚的邻里抬走了,母亲跟了去,家里顿时陷入窘境。哑巴爹爹出奇地认识到了错误,他眼巴巴地望着祖母的反应,而祖母,那几根懊恼的手指头又戳上了哑巴爹爹的额头。

我那时无法对父亲的疼痛感同身受,在我看来,他是个自愈力超强的人，无论身上造成多大的伤口，一个创可贴即可搞定。至于伤筋动骨的事故，我还弄不清楚它跟皮肤戳破的区别，我以为只要不流血都不算严重。听别人说父亲命大是心好的缘故，若不是后来亲眼所见在他身上发生的事情，我差点就信了他们的话。说这些话的那些人，只是给不合逻辑荒诞可笑的事情编织一个看似合理的理由，从不对他们所说的话负责到底。一些对真相不足以了解的人，才会把一切都归结于命运。

命运对父亲从来都不公平。

父亲没有钱去医院医治，乡村医生简单做了处理，他就躺在家里的那张床上，头上包着纱布，腰上腿上都夹起板子固定，母亲端水端饭伺候。小叔叔托人捎来了西药调理。来探望的人不多，因为他们要想看望父亲，必定绕不开去瓦房屋里走一遭。

每个去过瓦房屋再回来的人都摇头叹息道，老三奶还是那个样，就那么不省事哩！然后望着床上咬着牙不敢呻吟出声的父亲说，大伯你受累了，一定要想得开。妻儿都守着你呢，你还有指望。父亲勉强欠身以示欢迎，他已经变得虚弱无力，只能用力挤出一丝苦涩的笑，嘴里好好好地应和着，像个乖顺的孩子努力听从他人的规劝。是呀！毕竟他一生中最擅长的就是倾听了。当然愿意前往并安全到来的都是至亲至爱了，那些亲友带着自认为对父亲有好处的营养品，大包小包的。原来人生病还有这等待遇。待他们一走，母亲和我就一包包地拆开来看，我很想每一样都试试看，连父亲的药丸我都不放过，拆开一颗塞进了嘴里。母亲打我蠢蠢欲动的小手。父亲满眼慈爱地看着我，把他的那颗递到我手里，然后吩咐母亲把剩下的东西一样样清点完毕，像是做出了某种艰难的决定。

父亲说："你还是把那些菊花精、蜂蜜和麦片拿去给瓦房屋吧。"

母亲有点不情愿，她抗拒道："要去你自己去，我不想碍她的眼，自讨没趣！"

父亲指使我说："那你去！就说你父亲孝敬她的，叫她无论如何要收下。"

"祖母她什么都有，哪个亲戚来不都是带两份的吗？"我也执拗地违抗道。

"她的是她的，我的是孝敬她的。是不一样的。"父亲这样说。

秋天来的时候，父亲的伤养好了大半。我去看时，他能下地，拄着拐，撑着腰起床。农忙季节，父母亲在地里干活，我就到处找野果吃或在田野里追着兔子玩。我喜欢那片丰茂的黄梅草，父亲说，那就是草房子屋顶的主要材料，没有茅草，这个也是一样顶用。父亲又说，如今拢了一季，该是它奉献的时候了。他掰了几棒玉米，直起腰笑眯眯地展望着，好似眼前正矗立着一座新的草房子。对生活的无限期望和不断幻想使这个年过花甲的老人从未气馁过。我因为他而学会了对生活永怀信心的勇气，来到人间尝受的滋味也不尽是苦涩的。

他和母亲割了草，捆起来，晒干背下山，请来叔叔们和泥，找架子，裁剪绳子，登上屋顶，修缮房子。男人们干粗活，女人们烧饭。我家里一下子热闹起来，开饭时候满满当当一院子的人，拥挤着无处安置，大人小孩干脆端着碗蹲着或是坐在粗壮的树根上，每个人被晒得通红的脸上都挂着自得其所的笑，秋天真是个好时候，比过年还要令人向往。父亲还筹划着用剩余的黄梅草盖一间灶房。

"现如今都住上浇灌房了，你还修这草房子？"有人吃饱了打开话匣子。

父亲从不为这样的问题感到难堪，他说："草房子修修补补还能住上几年，我住在这里一辈子都没关系，什么好的赖的，是自己的就行。"这种老农民的智慧深埋在我的记忆里，他并非苦中作乐的自嘲，那是只有内心经历过涤荡的人才能得来的真实体会。

我看着草房子一天天地换了模样，缮了厚厚的好几层新草，里外墙粉刷了一层，柱子梁子加固，地基又往深处挖了三尺。父亲凑了钱，用自己的木匠活儿打造了几把椅子，另有一张桌子和一个写字台，还给我做了一张小床。木板被刨子打磨得分外光滑，白生生的，新崭崭的。草房子从头到脚穿上了御寒的新衣，由内而外准备迎接年岁里的又一个寒冬。

父母亲齐整整地站在院子里望着崭新的屋顶，眼睛里透着光，心怀着对新生活的无限期望。哑巴爹爹爱热闹，三天两头往这边跑，祖母拦不住，倒也十分配合地消停了几日。一家子陷入一种难得的默契与和谐之中。

我很满意改头换面的草房子，新草的味道不再潮湿，取而代之的是馥郁芳香，特别是暴晒后，庇荫下那股沁人心脾的清爽微凉，屋顶结实耐用，淋雨后也没有雨水入侵。我也渐渐收心，在这里妥帖地住了下来，不再在夜里惊醒。

那只银镯子掉进了黑暗的犄角旮旯里，是我后来贪吃倒腾祖母的箱子时发现的。我如实上交报告给了祖母，祖母并未因此而平息心中的怨愤，她从瓦房屋里看过来的眼神，仍时常透露出一股幽怨。而我还是愿意跟她亲近，只要她不总隔三岔五地找我父母亲的麻烦。

冬天的脚步不徐不疾地来了。童年的雪一下就是好几天，厚厚地铺在脚下，银装素裹，洁白的世界令人的罪证无处藏匿。走路发出脆裂之声，每一步都小心翼翼，仿佛踏出去的每一脚都是污点。外面冰天雪地，草房子内燃着木柴烤着火热气蒸腾。新鲜和好奇诱使我像只小鸟一样探出头往外跑。我想去二叔家找堂哥玩，父亲担心雪太深，路上遇到状况，于是给我制作了一把小铁锹，让我一边挖掘一边探路。我对这个探险游戏充满了兴趣。

奇怪的是，有人先我一步踩在了我的雪地上，我厌恶地把每一个脚印铲除掉，沿着这个脚印的方向追查真凶。一直追到一个岔路口，那条鲜明的脚印断了线索。我看见岔过去的河对岸住了两户人家，一共十来口人，除去小孩子的脚印不合尺寸，女人的鞋底子也不会有这么多防滑的设置，这么算来只剩三四个嫌疑人的可能性。我站在路口思索。一阵熟悉的喧腾声从我身后由远及近，站在这个角度听过去，犹如一场征战，恢宏气势，惊动了冬天里的每一片雪花。这么早又这么冷的天，应该没有人跑去围观吧，没想到祖母挂着拐杖敲打着铝质的洗脸盆跑了出来。她的嘴里叫喊着："不要脸的东西又偷我的老公鸡，邻居们都开开眼,这贼竟然出在自己的家里。"我头脑里一阵轰鸣,那种羞耻感像是有无数双眼睛盯着我等着我洗脱罪名。祖母又开始了,上一次还是她端着面盆到处向人展示母亲的面条擀得太宽像裤腰带。

我四顾无人,真像偷了东西的人慌里慌张迅速折返回去,我揣着真相,硬着头皮跟在祖母身边转悠。我不能劝阻她,她脸憋得通红,大声喘着气,正在气头上。雪地里我不想伸手去搀扶她,心里不住地犯嘀咕,埋怨着自己,要不是我铲出来一条路,她也就不会这么轻易地跑出来。然而令我懊悔不已的是,我的确不该铲掉那个脚印,那是可以证明我父母亲清白的罪证,就这么被无知的我一把铲平了。再多的语言描绘都会是苍白的,祖母的栽赃陷害,父母亲的委曲求全,我的左右为难,好像是有意给我设置的第一道复杂的考题。

显而易见的答案,糊涂的人永远都蒙在鼓里自欺欺人,明白的人也只能配合糊涂的人去演这一场戏。不明真相、有苦难言的人,他们只能逆来顺受接受不公平的安排。是谁导演了这场啼笑皆非的闹剧?有时候我不禁问我自己,是不是有的人一出生就是个错,而有的人,一出生就带着恶意来欺负那些有错的人。

我回到家看到父亲的难过,母亲掩面而泣。灶房里一片狼藉,应该是被祖母跑过来掀了桌子椅子,母亲盛有红薯的那碗玉米糁子翻倒在地上,浑浊一片。她赌气不去收拾这残局,也不想去吃饭,鼻涕流到了下巴,抽泣着。父亲坐在平时烧火的位置,柴火烧到只剩木灰,另一根半截还未烧透的冒着呛人的生烟,他眼睛红红的,无处安放的手在半空中停留,良久,他像是明白了什么似的,用手环抱住自己的头,呜呜咽咽地对着锅台口哭。"我上辈子是坏了良心啊！"他止不住地大哭。哑巴爹爹从瓦房屋里亦步亦趋地挪过来脚步，他贴着我家的灶房外墙靠着，那里有厚厚的一沓雪被他蹭掉，他茫然无措地看着被自己的母亲折磨得不成人形的一对夫妻。苦难和嫌疑一步都不曾从他们身上挪开过。

我一把丢了铁锨，撒腿就跑，跑到草房屋的屋檐下，踮起脚够下来一块冰挂，含在嘴里慢慢咀嚼。一边闭上眼睛，心里默念着：快些过去吧，快些过去吧，我要快快长大。一边用牙齿把冰块切割成碎片，嘎嘣脆地吞进肚子里融化。我多恨自己，为什么没有在那个时刻长大。明明我手里捏着祖母的把柄，父母亲的期望，哑巴爹爹的畏惧，明明我可以站出来，让这个家哪怕是一刻钟回归安宁，让它最起码变得像家的样子——一个其乐融融、安泰祥和的家。我甚至都开始埋怨草房子，为什么你长得更像一个家了，却不能给我们一个好好的家，安置我们所有的苦难，平息怨愤。

无论我多么用力地向前奔跑，在每一个隆冬的雪地里，我终没有再遇见过那场凄迷的风雪。多年来，我心里一直默记着那个脚印，那该是42码或者43码的鞋子，运动防滑，跟解放牌类似。一名成年男子，居住在我家下坡后的河对岸，他必定是我排除后的四个人当中的一个。无数个雨天雪天，我都不忘去那两户人家附近转悠，我像个蹩脚且自以为是的侦探，而那个脚印就像是过了申诉期的一宗迷踪悬案，再也没有露出过蛛丝马迹。

一次出逃

那一天家中没有人,闷热的夏,世界不知怎的突然就安静了。

母亲的脸色不好,气恼地背着一个包袱欲要推门,她以为我已经睡着了,可是我一翻身,就将她要出门的心思看在眼里。她穿了件轻薄的衣衫,不过外面还套了件粗布上衣,像是遗忘了什么似的又折身回来再次捆绑她那个干瘪的行囊。我茫然地看着她,她瞪了我一眼,视若无睹的,丝毫不把我视作对她的威胁。

"你好好睡觉,莫要再起来了!"她懒得哄我,慌里慌张走出去了。我快速地穿上鞋,迷迷糊糊、亦步亦趋地跟在她的屁股后头。太阳火辣辣的,直往人头顶浇油,我脚步疲懒而钝重,但也心甘情愿做她忠实的影子。

回想起这个场景的时候,我只是懵懂记事,好多事物都只是个大致的轮廓,更像是一场梦境。但有一个清晰的事实搁在那里:那时,我与母亲的关系并不好。

我跟着母亲,一方面是来自儿童的恶作剧,故意跟她唱反调惹她生气,另一方面是因为我的寂寞。对于一个小孩来说,童年时期若没有玩具,也没有玩伴,那无疑是将她"囚禁"。她的整个天空陡然失去鲜亮的颜色。

幸好有母亲可以任由我肆意妄为。

母亲果然气恼地驱赶我:"你回去!莫跟着我!"

我的脑袋昏昏沉沉,丝毫没有留意她的路线,毒辣辣的太阳晒得人不得不清醒——不觉间我已经跟着母亲翻过了远离家门的一道岭,而这里也并非她平时放牛的路线。

"你去哪里?"我开始嚷嚷,眼看山路越来越难走,我当然会恐慌和不安。

"你莫管!叫你莫跟来!"母亲站住,厉声冲我道。

"你到处乱跑,我告诉祖母去!"我并不畏惧她的坏脸色,因为彼时的母亲在我家里只充当着"用人"的角色,没有人会把她摆在重要的位置。

"你看看这是哪儿个当?你告诉谁去!"听到我提祖母,母亲竟一反常态地没有被震慑到。"你给我回去,听到吗?我回来给你捎好吃的!"她突然蹲下来,变了戏法语气柔软地说。

她果然被我逐渐收敛的表情骗到了,施展开步伐,放心大胆地继续前进,见我没有跟来,正要一举前冲,彻底摆脱我这个"小恶魔"。可转眼我就在背后露出了狡黠的笑,使出坏招,再次紧紧地一路追赶。我奔跑着,在逆风的快乐里,一副小人得逞的嘴脸暴露无遗。

"滚!你给我回家去!"她抄手捡了块石头,像撵畜生那样砸过来驱赶我,瞬间她头上大颗的汗滚落到脸上,我从来没有见过如此发狠发怒的母亲。可是她这样的举动根本不能使我服软。

"我不!"我有些害怕她的攻击,但我不能屈服于她的威力,毕竟那是我从未习惯的屈服,她也是第一次发泄她的怒气。

望了望身后抛弃的那段长长的黛色山脊,显然我已经没有力气折返了,进退两难。密匝匝的深林和辨不清哪种动物的声音此起彼伏,这样的情形只能迫使我抓住眼前的人。同母亲的逆来顺受一样,我也更擅长凌驾于她的软弱和善良之上。

这样的僵局拉扯了一整个午后,我的耐心也终于消耗殆尽。山路崎岖,烈日炎炎,我又饿又渴,身体软瘫,一步也不能挪。我望着母亲那个矮小的身影,因为常年的田间劳作,四肢变得粗壮敏捷。她丝毫没有慢下来的意思,我再次望向她,那种求助似的,带着一丝微弱的倔强。

好不容易下了一座山,树木掩映下冒出来三两户人家。母亲犹豫地定住脚步,她终于肯扭头用温柔的眼神看向我。"你就站在这里莫动,我去讨碗水喝!"

我内心窃喜,知道她将又一次甘拜下风。

她不但讨来了水,还带来了一位相貌慈和的老人。

那老人一见我就用那双干燥的手捧起我的脸,她又惊又喜,说了一番赞美的话。母亲显得不好意思,她也被老人拉扯着进了屋内,同时从内间走出来的还有一个奶着婴儿的年轻媳妇。

"快叫表嫂子!"老人吩咐年轻媳妇,"这可是南召来的稀罕亲戚,平时我们没去登门,这回倒误打误撞给碰上了。"

年轻媳妇盯着我看,再看看我那瘦小身躯且皮肤黝黑的母亲。她露出满目的讶异。

母亲也沉默了,她一时间不好意思起来,仿佛是一个做错了事被人抓到现行的贼。

半天我才理清这中间的关系,原来这家人是我祖母的远房亲戚,老人是祖母的堂妹,她们只听闻宋家的蛮子媳妇和抱养的闺女,从来没有跟我们母女俩打过照面。事情就这样在我的预想之下顺利进行,我忘却离家的烦恼,吃饱喝足并且美美地睡了一觉。事情却在母亲的意料之外延展,晚饭她几乎没有动筷,夜晚也翻来覆去,心事重重,无意睡眠。

第二天一早,我被老人和母亲的交谈声吵醒,尽管她们已经足够小声,但奈何这小山村格外的幽静。老人一直在竭力说服母亲,用未来的设想和我这个女儿作为诱惑条件,试图令她回心转意。得了别人好的母亲只得连连点头,口里应诺着:"好好好!"我隔着薄薄的门帘依稀看见她噙着泪,不由得心中一紧,也不免心酸起来。我习惯于欺负她,并不意味着我也能够忍受她在我面前黯然落泪。

我知道这是一个好的时机,我快速穿好鞋,嚷嚷着我要回家,我要回家去。就着那恰好到了的情绪,眼泪就极其配合地滚落到我脸上。母亲已经憋足了气准备训斥我一顿,恰逢那个年轻媳妇抱着婴儿站在了我们跟前,见怀中婴儿的睡颜,母亲还是忍住了。

"是男娃女娃?"

"女孩!"

"现代社会,男女都一样了。"老人拍了拍母亲的肩。语气还是那么温和有礼。

"那就不耽搁你们了,我们这就回家去!"母亲又往年轻媳妇的怀里看了看,她甚至想要触碰那粉嫩肌肤,那只丑陋的手刚伸出来,兴许是她自己也觉得嫌弃,于是又自觉地缩了回去,无比留恋似的,看一眼,算作最后的挽别。那一刻,母亲的心中被什么东西激起了波澜,她肯定联想到了孩子,也许是她亲生的三个女儿,也许是眼前的这个浑浑噩噩的我。总之那种奇妙的作用好像使她改变了主意,她转脸冲我点了点头。

临走前,年轻媳妇追上来,塞了一包东西给母亲,是一些旧的衣服和一袋单独包装的干粮。母亲蠕动着嘴唇,说了道谢的话,无比坚定地牵起了我的手。

归途一路欢脱而轻快,黄莺和麻雀在山涧鸣叫,风透过密林,送来阵阵凉意。河柳树下,光滑的大石板是我们绝佳的休憩地,青草间的一汪清泉,可以掬一捧洗脸或干脆脱了鞋将脚浸泡在水里。撒开手,蹦蹦跳跳的我又开始问东问西,缠着母亲问些稀奇古怪的问题,顷刻间与森林里的蛇虫鼠蚁做起了朋友。母亲一扫心中不悦,和我这个"混世恶魔"暂时达成和解。回想了一下,很多这样的温馨时刻停留在我混沌的记忆里,其实那时,我们已经表现得更像一对亲母女。

童年快乐悠长,随之而来的疲倦也来得迅疾,多像一场毫无预兆的风暴。

我又累了,无力的双足像裹了水泥,因为不知道还有多远,我更加难以忍受路途的艰辛。"我要你背!我走不动了!"我干脆蹲在地上,母亲过来拉我,我不为所动,继续无理取闹,"我就要你背!"

母亲面露难色,犹豫了一下,但她还是弯下了腰,把那佝偻的背展露给我。我美滋滋地顺势爬上去。没一会儿工夫,我又挣扎着从那背上下来了。实在是很不舒服,幻想中的舒适体验一下子溜走了,况且母亲的背,生硬又不平整,背上的皮肤好像溃了脓,沾得我满身都是黏糊糊的。

结束这段漫长的旅行回到家里,我远远地扑过去,兴高采烈地钻进祖母怀里,祖母开始搂着我心肝宝贝似的号叫着,她当然不忘指着母亲的鼻子一阵痛骂。一旁一群认识的不认识的汉子林林总总满脸威严地站在我家院子里,他们都是帮凶。父亲的脸阴沉着,他见母亲走来,提溜起那个瘦小的躯干,像揪起一只惊惧之中的兔子,不由分说,把她推进了屋子。包裹里的衣服和干粮顿时散落一地,我挣脱开祖母,趴在灰尘里去捡。老少壮丁们闻声悉数散去,他们上山搜罗了我们一整个晚上,想必也是困乏了吧。本来还指望着热闹一番的我的家里,顿时又陷入了空前的肃寂。

没有人声,母亲也不再嘤嘤啜泣。

夜深人静,轮到我躺在床上翻来覆去,一直在回想母亲弯下腰袒露给我的那张背了。那件单薄的衣衫底下,那些溃烂的旧伤又添新伤,估计是再也好不了吧。

工具箱

　　那条旧路存在我的记忆里，砂石混合铺就，还没有上水泥或沥青，曲折蜿蜒。自行车的车轮碾过，像从泥泞里拔出来的两只脚，软塌塌地走着。烈日将人影拉得越来越短，愈显得这段路程更加漫长。

　　这是初中某个周末放学回家的日子。一共三十里路，每一个岔口和弯道我都记得清清楚楚。

　　骑行的人群逐渐散开，每一个分岔的路口都连接着某位同学的家，他们潇洒地挥手，轻松道别，结束这场结伴而行的长途跋涉。队伍越来越小，人越来越少，逐渐只剩下三两个。随着留在学校的日子越来越多，甚至周末我都更愿意去同学家里一起写作业，谈论学校热门的话题，相互流传同学间不为人知的小秘密。而一直陪伴成长的父母，仿佛在某一个节点被自然地遗忘在了身后。

　　家里没有安装电话，因此父母亲并没有得到我这一周要回来的消息，等我疲惫到家之时已错过了饭点。父亲正要吩咐母亲去做饭，我从书包里掏出来一桶方便面，拆开料包，倒进桶里，轻松地舒了一口气，在时间的缝隙里安静等待着。突然我们三个之间竟没了语言，我都忘记了自己有多久没有跟他们互动过。我环顾四周,这间灶房还是那副老样子,而父亲一下子苍老了好多,脸上挂着疲惫的笑意,母亲的眼神也不似先前那么明亮。

几分钟后,在他们惊异的目光中我狼吞虎咽地吃完了一整桶泡面。说不出哪里不自在,浑身异样,令人窒息的隔阂像只毛毛虫在心底一寸一寸地爬行,我仓皇地丢下泡面碗,跑去瓦房屋找寻祖母。她正摇着蒲扇在核桃树下乘凉,眼神微闭着,嘴里念念有词。看见我到来,她眼睛一亮,扭转身招呼我到她跟前去。我一下子心里亮堂了许多,打开话匣子,绘声绘色地给她讲述着学校里发生的事。也不知道她到底有没有听懂,她耳朵背,或许根本就没有听到。在她这里,我只为寻找一种悠然自在,我还是喜欢钻进她怀里,趴在她一双软弱无力的膝盖上撒娇。

祖母比先前沉默了些,她唠叨的力气也不比往前激烈和愤恨,但她还是会唠叨,我已然没有耐性陪她继续消磨时光,闷着头再次悻悻地回到父母亲那里。

我差点以为自己看花了眼。但没错,千真万确,那并不是别人生活里才会上演的桥段。父亲正端着我放在灶台上的半桶泡面,用我用过的叉子捞那剩余的残渣,他每捞到一根面都会挑起来送到母亲嘴边。母亲推搡着:"你先来,我等下喝汤!"母亲热切的目光注视着父亲的手势,蠕动的嘴唇和颤动的喉结。我目睹他抱着泡面桶缓慢而抖动的双手,和他试图喝一口汤时那把不小心滑落出来的塑料叉子。紧接着母亲接过去,把剩下的冷汤一饮而尽。而后他们互相凝望着彼此,志得意满。

小时候他们也这样吃我的剩饭,并习以为常。而现在,他们依旧表演着不动声色地吃下女儿的残羹剩渣,只是品尝出的是另一番生活的味道。

"杵着干啥?去看过祖母了?"母亲发现我,若无其事地笑着,意犹未尽地舔着那见底的桶,像在手里把玩一个新奇的玩具。

父亲反倒有些不自在,他用手背将嘴上的油擦了擦,目光闪躲,窘迫的样子,不敢看我。

我忍住滚烫而羞耻的眼泪,悲伤和失落一同占据心头。我知道,无论我如何假装从容淡定,我都不能像个无所顾忌的儿童那般无忧无虑地回到他们身旁。成长像一把利剑凌厉出鞘,刺破我的无瑕时光和缤纷梦想,我感受得到自己的变化,父母也都看在眼里。我们都不再是当初亲密无间的我们。当我再度回望这令人心酸的一幕,我唯一能够责怪的仍然是我自己,为什么没有牢牢记住家庭艰难的困境和父亲的年老体衰。我无比厌恶这种负罪感,它使我深埋在心里的那部分忧伤过往纷至沓来。

父亲有一个工具箱,里面统统装着他吃饭的家什和他所珍视的物件。那个箱子放置在床头的高桌子上,我常常在睡觉时无意间望见它。因而它总是跑进我的脑子里,我想象着父亲走街串巷,使用凿子、锤子、刨子、墨斗、短锯、尺子等工具,娴熟地完成一系列操作并最终打造出一件精美的木制品。他应该是佝偻着背,一声不吭地吭哧吭哧使劲地凿,还是该一边叼着烟一边猛咳嗽地把着木锯却还拉偏了墨线。

我目睹父亲做工的次数不多,农忙的时候他在家里跟母亲一起上山下地，放牛喂鸡，打扫院子。只有不忙的时候，别人喊他去做小工，他才会提着那箱沉甸甸的东西跟着人去。我放学回到家看不见父亲就会问他去哪里了。"去给人打小工啦。"母亲以一副自豪的口吻回答说。后来我知道那是去给人帮忙的意思，亲戚们需要添置家具，邻居家的门坏了，朋友们需要放树、解板等，凡是需要父亲的时候他们就来请父亲上门。条件好的家庭会给一点报酬，大多数人则以一顿可口的饭作为犒赏。

身体备受煎熬的父亲因此能捞上一顿油水充足的饭食。我为了解馋，有时候也能跟了去。这个时候没人会因为多添一双小孩的碗筷而觉得麻烦，最多会取笑我是父亲的"小尾巴"。父亲看见我远远跑来，先是轻轻地斥责一声："你跑来干啥！"但转瞬眉心舒展，闷着头画线拉锯，分毫不差。开饭时他第一个停工，吩咐我去洗手，然后拉着我紧紧地挨着他坐。主家待我比待他自然还要亲近。彼时我们是座上客，席间被递水端茶，嘘寒问暖无不周全。他们看父亲的眼神里都充满着钦佩，语气恭敬，就像父亲手里掌握着一把至关重要的通关钥匙，只有他可以启动机器的开关操作各类程序。别人夸赞他的手艺时，父亲总也谦虚地摆摆手说："没什么大不了的，也就是吃饭的本事，现在什么都是机械化操作的，祖师爷赏饭的这门手艺也快要失传了。"有些人还会在临别时赠送一些蔬菜、野味、腊肉等。回到家我和母亲能够再次饱餐一顿。久而久之，父亲出去做小工就变作全家人改善伙食的一种方式，但凡听到这种被召唤的消息，父亲欣然前往，那仿佛是一件及第登科般极为光彩的事，我们一家都是欢天喜地的。

不知从什么时候开始，能工巧匠逐渐被自动化机械所代替，父亲的营生变得不受欢迎了。来找父亲帮忙的人越来越少，他能带回来的也只有几包劣质烟，他每次都把那烟藏进工具箱里防潮，他的烟不会像祖母的宝贝一样腐烂掉，因为他很快就会抽完。因此他咳嗽得越来越厉害，我们家的饭菜也越来越寡淡无味，我又开始钻进瓦房屋祖母的小厨房里搜罗吃的。

饥饿的感觉不曾打败我，但是食物的诱惑一直追随着我。而我完全没有想过，父亲一个人是如何面对他事业的颓败以及又是如何维持一家人的生计的。

时间轴再往前推动十年，父亲是喂养牲口的。他一开始喂马喂驴，后来喂了牛。叔叔们每每回忆起父亲的那段经历，总忍不住唉声叹气。当时父亲从生产队里领到一头老黄牛，欢天喜地牵了回家，把牛拴在我们现在住的草房子东边屋。他搭了个棚子，铺好烂棉絮，就那么一年四季睡在上面，与牛为伴。牛渴了，饿了，生病了，发情了，要配种了，事无巨细，他都像养育一个婴儿一样对它的一举一动了如指掌。牛是他的战友，它听他诉苦，陪伴他无数个难眠之夜。他诉说他前半生经受的磨难，说到动情处忍不住一个人失声痛哭，那本卧着的牛就从黑暗中噌地站起身来，勾勾他的脖子，把他整个身体揽进怀里依偎着他。他们成了最亲密的伙伴，耕田时牛累了，回过头来瞅一眼父亲，父亲便卸了犁耙，陪着它杵在田地里休息。他手里的鞭子竟是多余，没有人听到鞭子开响过，都开玩笑说："这牛啊，八成是宋老大上辈子的情人,也不知道积了什么德,遇到这么温柔的主人。"再后来牛充公了,被卖到别处了,父亲像失了魂,几天茶饭不思,不言不语。

　　日子还是要照常过,父亲决意要喂自己的牛。有了我的第二年,他就迫不及待、想方设法地借了钱买来一头小牛崽子。依然养在东边屋,他依然没日没夜地守着牛,日晒雨淋,放养割草,陪伴它成年。牛果然没有令他失望地引开了窝,连续生了两头小牛崽,一公一母,加上我和母亲,草房子一下子显得格外拥挤。我记得那母牛,第一胎生产的时候父亲一直陪着,牛的肚子撑得太大,站着卧着都不是,滚在地上直叫。母亲看不下去,在旁不断催促道:"羊水都破了,不见动静。老母牛会不会难产啊?"父亲心急如焚,头上豆大的汗珠直冒,如果记忆大师没有推算出错,这应当是父亲第一次经历雌性的生产,连他的两个孩子出生,他都没有陪伴在侧,因此他也没有过这样的经验。父亲不断地往牛嘴里灌盐水,让它排尿,增加膀胱的承受压力,抚摸它的脖子,给它加油打气。

　　就这么胡乱地折腾了半天。母牛忽然憋了一股劲,忍住疼痛,发出一声沉闷的嘶吼,一团褐色的肉球滚落在地,湿漉漉的。我好奇极了,忍不住跑上前去触摸,老母牛一个掉尾伸出牛蹄挡在前面。它伸出舌头舔那团肉球似的身体,慢慢地,小牛崽身上的绒毛支棱起来,软绵绵地叫上几声,紧跟着也歪歪扭扭地站立。父母亲脸上的愁云散去。他们去安顿老牛,我鼓掌欢迎这个小家伙的到来,这下我终于不再羡慕父亲了,我也有了自己的小伙伴,我给它取名为"大姐"。

　　不过它们都知道,这个家里真正的大姐还是我。

081

再过两年我们又迎来了"二弟",可爱调皮的小家伙立刻俘获了我的心,成为我的新玩伴。母亲总取笑我给牛崽子捉鳖虱的举动,她说:"又不是人娃儿,你那个娇贵干啥?"二弟冲着母亲哞哞叫了两声,把后腿也伸向了我。我立刻笑疯了。母亲的话我自然充耳不闻,仍旧跟黄牛一家厮混在一起,因此童年大半都是围着牛转悠,快乐就那么一晃而过。

然而那一家三口的忠心还是被我们出卖了。先是大姐被卖了出去,它被拉去的时候似乎冷冷地回头,并无留恋地看了一眼我家徒四壁的处境,然后决然离去。牛蹄挪地有声,大姐哼都没有哼一声,直挺挺地硬着脖子跟着买家离去,它把悲与喜深埋于心,掩饰得很好,甚至不露一丝马脚。父亲告诉买家,将来它会是一头很能干又能吃苦的憨牛,只知道吃,没有脾气,所以要给它吃好点!它干活儿也麻利,不管多累的活,只要你不喊停,它就硬着头使劲拽。这家伙来年开春也会生小崽。买了它绝对有得赚!

母牛和二弟还没有意识到即将降临到它们身上的命运会是怎么样的。母亲有意新添了一筐青草倒进牛槽,趁它们享受丰美的粮草之际,转身把草房子的门关起来,悄然离去,不让它们知道外面发生的交易。就当作大姐是上山走散的家人。天不知道什么时候会黑,我们心里有期许,也许不久大姐就会晚归。以此试图说服自己接受这桩买卖,也用这种方法欺骗它们母子。

紧接着母牛要被出售了。外地人专门来买,出价很高。理由是:

这牛有岁数了，身体圆润结实，正值盛年，还能再生产，他们要买回去配种。眼见到了跟前，父亲打算卖出去的念头悬而未决。我放学回来的时候他们正坐在麦场的石碌和石板上商量着如何交接。两张陌生的面孔，穿得不太讲究，手指头被烟熏得发黄，还有两个认识的中间人。我冷冷地从他们中间穿过，忽而听到他们的对话，意识到什么似的甩掉书包，直奔进草房子，哐地推开门，不见两头牛在内，立刻撒腿往屋后山上跑。气喘吁吁一路狂奔，果见母亲满腹心事，一只手正牵着母牛在山坡上吃草，二弟跟在屁股后头，看见我，全都抬起了头。

"要卖吗？"我质问母亲。

"要卖！"母亲犹豫再三说。

"我不卖，我不卖！"我扭头便跑，倔强地咬紧了牙一路冲下山。二弟也掉转头跟着我跑，纵然小家伙还没弄清楚发生了什么。

一路跑到父亲跟前，我止不住大哭："父亲，我们不卖牛，我们不卖好不好？"我忍不住边哭边祈求，眼泪太不争气了，我几度努力憋住，但它太重了，直直往下坠。

父亲被我的举动惊到了，他从未见过我会如此胡闹。他甚至都来不及反应，刷地站起来，丢了烟头，正对着我说："你说不卖？不卖我们吃啥？你学费咋个交？我怎么治病？你妈连双新袜子都没有！"眼睛里有怒火，在众人面前，面对一个女童的无理取闹，他必须拿出家长的威严来，以示他一家之主的地位。

"那你去卖，我不卖，我不要，我不管！"我近乎歇斯底里，尚余的理智使我做出应对之策，我如同骁勇善战的战士被激发了斗志，一个眼疾手快,从刚下山的母亲那里一把抢过牛绳,紧紧地握在手里攥着。

父亲近乎咆哮道:"你长大了,有能耐了,有主见了?那你自己赚钱去!你为什么就不为我们考虑考虑,我多作难你知道吗?"我听不懂他在说什么,是我的耳朵屏蔽了一切尖锐的声音。

"我不管!"我捂住耳朵,"现在说什么我也不能松手。"

其他人纷纷上前来劝,各种纷扰的声音穿凿而过,那些试图撼动我的,将我整个人围剿。

"我不上学了,行了吧?我不念书了,我就不要卖牛!"我据理力争大吼道。

"你!"父亲指着我,气得说不出话,脖子上青筋暴跳。他随地捡起了一根柴火棍,不顾众人的阻拦,径直抵达我跟前,母亲抢先一步挡在我前面。他只是狐假虎威,我心里笃定他不敢动我,于是大胆地往前一步,直勾勾地盯住他,直逼他想要控制和制服我的冲动。我根本不怕他,可我被他那双浑浊的眼睛里闪亮的痛楚喝退了。他的眼睛里深藏了太多难写的语言,在那一瞬间我害怕了,做出了退让,并以胆怯收场。

良久,我缓缓地将牛绳交了出去。

长大后我更深刻地认识到,很多事情都得如那天一般必须妥协,无论面对多么坚硬而多棱角的现实,我们都是单薄无力的一面镜子,不堪一击且不小心照出了软弱无能的自己。

"娃娃,人家是买回去配种的,会对母牛好,比在咱家享福。"母亲宽慰我。

"是呀！我们看它颜色正，毛色发亮，长得又壮实，跟我们那头是天生一对。"买主凑上前来附和道。

"别说了，你们就是想吃肉。我都知道！"我彻底死了心，即便一百个不情愿就这么交出了母牛的命运。

"这孩子，说啥呢，人家也是打听了好久才寻来的。你不要把人想得太坏。"中间人也来开导我。

我已经止住了哭声，心里想得明明白白。卖吧！都卖了。钱算什么东西，凭什么能够换走别人心爱的东西。这是场阴谋！心里的那个念头骚动着，我感觉自己浑身冒虚汗，像患了一场感冒，将好未好的一场感冒，身体的免疫系统和病毒会反复切磋，而它们会在某一时刻达成共识，先来试探和解决我的身体。

母牛挣着绳子不走，它挣得生疼，一侧鼻腔都歪到嘴边，趔趄着，凄惨的叫声在整个小村子里跌宕起伏。二弟也痛苦地回应着，悲怆的呼救声催人泪下。没办法继续消耗在这空荡回旋的叫声里，只得把小牛崽捆住，拴在崖边的一棵树上。哪想到它带着绳子一头栽出去，绳子缠紧，勒着脖子更加痛苦地叫唤个没完。隔着河，母牛已被强行牵拉至对面。买主也不忍，无奈只得取出自己的鞭子，凌乱地挥舞着催促它快走。

站在河这边的父亲忍不住扒拉着，透过辛夷的间隙张望，听到鞭子的声响便没忍住踮起脚尖大喊道："你不要抽它，不要抽它啊！那牲口很通灵性的。"他眼泛泪花。

"别喊了，都走了！"我阻止他做无用的托付。

我想起了什么，冲进草房屋翻开那个工具箱，从中扒出那根鞭子，本想对着手柄处一掰两断出气,奈何我没有力气。转了半天,只找来一块石头,于是把手柄按在地上狠狠地砸断砸烂,再连把带鞭扔了出去。"从此别再喂养牲口了!"我冲着父亲发脾气道。父亲愣愣的,醍醐灌顶般,蹲在地上把头埋进双膝间止不住地大哭。母亲一个人拉不动小牛也坐在地上失声痛哭。我抽噎着,看着凌乱的他们,和凌乱不堪的家,顿时也没了主意。

二弟被拉上来的时候几乎断了气。它号哭着,扑簌簌地掉着大颗大颗的眼泪,那眼泪,比有些人一生流下的眼泪还要多。没过多久它因为思念成疾,连续不吃不喝几天,饿得精瘦,鲜亮的皮毛如同一夜之间枯萎的花朵黯然失色。它得了营养不良综合征,四肢无力,脱水脱相,站都站不起。人见犹怜,父亲索性又打听到上次那个买家,一并卖了去。

自此,我们家就再也没有养过牲口了。

回想起来,我大约就是这个时候隐隐约约感到有些东西碎裂了。我认定了那些黑心买家买回去就是为了宰割吃肉,因此更不能原谅自己过早认识到这一血淋淋的现实,也不能原谅即便是为了支撑这个家才被逼无路做出决定的父亲。不!不是不原谅,是我无法释怀。

而谈到吃肉,多么讽刺的一件事情。毕竟我们也曾是肉的信徒,对肉一度青睐,甚至对它疯狂追求过。

邻居家有一群羊,他家的小男孩与我同岁,不爱学习,却总爱跟着大人和羊群漫山遍野地跑。不过我很羡慕他掌握了一项新本领。他可以根据获悉的山间地形,依照地上的脚印按图索骥,准确地记录兔子的每一次活动轨迹。这样他便能在兔子常常出没且恰到好处的下坡路段放置兔子套。这个原理跟自行车很相似,如果处于下坡路段,不需要用力踩蹬脚踏,车轮会加速度下滑,由于惯性使然,常常会失去控制。不过自行车上安装了车闸,只需要轻轻一捏,紧急制动;兔子则需要自己制动,就在它尚未完成刹车思考的一瞬间,细而弯曲的后腿慌不择路四处乱蹬。恰好一根由铁丝编织的圆圈被触动机关,越缩越小,最后化作死扣,活生生地将它的后腿套住。活蹦乱跳的兔子被牢牢制服,完全没有挣脱的余地。这也许就是所谓的"拖了后腿"以及"被下了套"。

那活泼可爱的兔子便成了他家的盘中餐。一个冬天下来,他家总能吃上五六只兔子,于是那男孩套兔子的技艺也被传得神乎其神。我羡慕不已,闲聊时跟父亲提过此事。

有一天,他把我叫到跟前,故作神秘地打开他的工具箱,掏出来一盘细铁丝,自信满满地说:"你等着,父亲也去给你弄兔子肉!"

于是我每天都幻想着父亲前一天放置的兔子套能在今天有所收获。然而一次次的失望告诉我,这真的是项技术活,父亲不够聪明,他不能胜任这项工作。失望的次数多了,我便自告奋勇去找邻居家男孩学艺。他教我如何做大小适中的圈套,如何识别兔子的行踪,如何寻找一个可行的位置,以及如何放置才更有效,以防个别有经验够狡猾的兔子脱身而功亏一篑。我一一记在心上,回来后毫无保留地传授给了父亲。父亲听罢嗤之以鼻道:"他一个孩子有什么值得请教的,我看他也只不过是运气好。"不过嘴硬的他依然偷偷地跑去试了。那几天我总能看见他大清早从山上下来,在院子里转悠,双手背在身后来回踱步,撞见我,假装自己认真地在做气功操。我和母亲对视一下,不忍拆穿他收套下山一无所获的事实。

久而久之,我对当初一门心思吃兔子肉的事忘得一干二净。也不知是我生命里的第几个冬天,忽然有一天早上,父亲兴高采烈地回到家中。他背后扛着一个袋子,刚走到门外,便将袋子往雪地里一扔,大声喊:"娃娃!你快出来看!父亲给你带了什么好东西回来。"

我和母亲慌忙出去迎。

我喜出望外地惊叫,应该是兔子。"果然是兔子!"母亲解开袋子,从里面摸到软乎乎的一团兔毛。可等到整个袋子被清空,我却傻了眼,确实是兔子没错,不过是一只被啃噬掉一半身体,另一半身体灰暗干瘪的兔子。

父亲见我有些失望,忙补充道:"可以吃,放心吧!这兔子是干净的,吃草长大的,你小时候不是见过兔子吃草吗?"

我应了一声。

母亲已经张罗着给兔子扒了皮,烧开水炖萝卜煮,像过节似的,热锅沸腾,柴火烧旺。很快我们一家得偿所愿,父亲和母亲人各一碗,兔子肉使他们神采奕奕,心情大悦。我心里猜测着这只兔子的真实由来,可能是野兽过冬没来得及藏匿的猎物,可能是父亲转山时半路捡来的,也可能是碰巧别人捡不要的施舍给他。父亲下的套一次都没有中过,他只有撞上死兔子的运气。况且他天天去视察工作,如果是自己的猎物,他应该早就提溜回来了,不会等到今日。不管怎样,我对着一锅肉汤显然没了食欲。我知道这并非丢人现眼的事情,在农村,荒山野岭随手捡来一只兔子改善伙食是人类本能。那时候我所失望的也并非无能且佯装镇定的父亲。我的心里,已经有了透析这种行为的主观能力,透过现象看本质,父亲的内核,是多么地想要讨我欢心以及得到我的认可,除此之外,他也是真的想要尝一口鲜,吃上一口由真实劳动所换来的村郊野味。那些无数个怀着希冀前往的黄昏和无数个失望而归的清晨,我亲爱的父亲啊,如果你能够再等一等,其实你大部分的愿望我都可以帮你实现,甚至一次都不使之落空,更不会辜负你每一次费尽心机的奔赴。

我感到鼻酸,心也跟着一起紧缩。我说:"父亲,我感冒了,没有胃口。这一碗你们分了吃!"我找了个理由搪塞,顺手将自己的碗推了出去。

父亲点了点头道:"那喝点汤,吃点萝卜吧?"看我不作声,父亲又说,"就吃两口,好不好?"他殷切地看着我,希望我接受他的提议。

我接过碗,一个"好"字哽在喉间,母亲俨然已经把一块萝卜塞进了我的嘴里。眼泪像回流的血液沸腾,却被我一口生猛地吞回去。

如今相似的历史情节重叠:一碗残羹的泡面和一只残缺的兔子。我的父亲还是那个对食物贪恋、永远处于饥饿当中的父亲。贫穷像钉在他身上的一个符号,从他一出生便携带着,从未有人帮助他拿掉、更换或剔除。他只能凭一己之力不断努力去摘掉这顶贫穷的帽子。而不管他多么用力与之斗争,它都紧随他的步履,如影随形。有时他沉浸在短暂的欢愉里自我安慰试图躲避,却总有人挖掘根源,一遍遍给他提醒,仿佛这是一个反复发炎的伤口,是从胎里带来的,深入骨髓,无法根治,只能接受。你以为你可以拿掉,但它的使命是陪伴你,至死方休。

家中由此变得更加穷困潦倒。自我升入中学以后,小叔叔和姑姑们分摊我的一部分学费和生活费。我忙着应付繁重的学习,对家中事务以及父亲的病情一无所知。他有遗传性高血压、先天性耳聋,后患有气管炎、白内障、肾亏、脑血栓。这些单个看似毫不起眼的疾病组建成了一座嗜血的魔鬼城,如果你怠慢它,抑或让它感受到不被重视,它便随时随地召唤出一个恶魔将人踩在脚底,一脚踹碎。

我见父亲的工具箱上了锁,不禁疑惑。母亲偷偷揩泪说:每次周末或节假日,但凡估摸你会回来,你父亲都交代我务必把那些药藏好,锁进去不给你知道。你上学压力大,家里的事你莫要操心!我拉了拉那把小小的锁,心里犯嘀咕:父亲也开始有自己的秘密了。然后我问了一个十分愚蠢的问题,我问:"病成这样,那你们在家都怎么生活?还有收入吗?都吃些什么?"

母亲摇了摇头,"辛夷树他肯定是上不去了!家里能卖的只有几捆柴火,还有一些木桩子。娃娃,你问这些做啥子?好好读你的书!药都是你小叔叔捎回来的,粗茶淡饭的,我们也没饿着。"

正交谈着,忽闻对岸有父亲的声音传来,他的声音可真大,他扯开喉咙喊:"娃娃——娃娃——!你回来了吗?"边喊边在冷风里咳嗽,声音断断续续。我已经在心里临摹他老态龙钟的样子,这是虚构的画面，我闭上眼猛摇头，依然拒绝这不合乎我期盼的假象。在他抵达之前，我尚有两分钟的时间重新构建父亲在我心里的伟岸形象。他英俊潇洒，他身体强壮，他面容慈祥，他待人友善，他……我逼迫自己继续演练，可他反复而急促的呼唤打断了我的思路。

我只得睁开眼应答他："父亲！我回来了——！"

他又喊："娃娃！娃娃！你可真回来了？"

"我回来了！我提前放假啦——！"

"啥？你找不到你妈？你妈不是在家的吗？我约莫着你就要回来，特意让她在家等着你。嘿嘿！你看看父亲是不是神机妙算？"

泪水潋滟，模糊了我的视线。

我的老父亲颤颤巍巍，徐徐然来到我跟前。我冲过去，抱住他瘦弱的身体。他捧住我的脸，手抖擞着，说："哟！让我看看我闺女！再不看马上就要看不见咯！哈哈哈哈！"边说边帮我擦泪。他眉间喜悦，一如他从小叔叔手里接过我，掀开襁褓看见女婴的第一眼欢喜；一如他想要亲我的脸颊，我一个喷嚏蹭他一脸鼻涕；一如他送我去姑姑家，分别时我搂着他的脖子哭喊着要他也留下；一如他背着长水痘的我去看医生，我把医生哄我的糖吐出来给他；一如在夜晚的星空下，我听他讲故事枕到他的手臂发麻；一如他在公车上下错站，我自己下车反方向追回去把他找到；一如他泡脚，我给他递上毛巾，给他刮脚上的茧子，给他修脚指甲……

"父亲！你都这么老了，我养你好不好？"

"你怎么养我，你还这么小！"

父亲去世后，我又去翻他的那个工具箱，撬了那把生锈的锁，打开盖子，里面散发出那股淡淡的木香味，就像父亲怀里的味道。我一样样地拿出那些家什和物件，轻轻地拂去灰尘，再一一陈列摆放。在阳光的照耀下，每一件都是父亲使用过的武器和他的珍宝——卷尺、墨斗、短锯、锤子、牛鞭、铁丝圈、空瘪的烟盒、打火机、过期的降压药以及他成批量买给我的2B铅笔和田字格拼音练习本。每一样都能证明他踏过的苦难，直到我腾空箱底，翻出来吃泡面的那把塑料叉子——泪水迷蒙，眼底再次泛滥成灾了。

找不到的母亲

1

我努力在脑海里回想母亲往日的样子。那一年她帮大哥养了一群乌鸡，我回家时看到那鸡长得肥壮，羽毛又黑又亮，于是开玩笑似的问她："不如宰一只给我解解馋？"母亲犹豫了一下，露出略有些为难的神色跟我商量："要不把旁边那只梨花老母鸡或者黄色大公鸡杀了吧！"我识破她内心的袒护，那仿佛是别人交代给她的任务，她必须恪守职责，不能有所失误，即便她拥有继母的身份，在这个家里也不能私自做主，杀一只别人的鸡给自己的女儿解馋。再有一次，村里人看她诚实愚钝，不免生出调侃之意，问她家里的两个儿子到底哪一个待她更好一点，母亲想都没想地回答："两个儿子都一样好。"众人想看热闹的心思被击破，怏怏地各自散去，此后便再没有人挑拨是非，制造嫌隙。其实二哥二嫂更亲近她一些，她也常对我抱怨大哥一家的冷漠和疏远。但这些牢骚，她从不会对外人说，母亲不是嚼舌根的人。

我在外工作的几年，用电话跟家人保持联络比较多。母亲总是隔一阵子就会从睡梦中惊醒，慌慌张张地披件衣服起床走出去打开大门，大声嚷嚷："娃娃回来了，是娃娃回来了！"继父打开灯翻身一看时间——午夜三点。外面黑黢黢的,哪里有半点人的影子。"是因为她太想你了,你什么时候回来啊?"继父幽幽地在电话里说。

而当我真正出现在母亲眼前时,母亲又得意地说:"你看!我就说你要回来了,你继父偏还不信!"我每次都随声附和:"是是是!我母亲是个能掐会算的人。"

在回来的飞机上,我的内心惴惴不安,隐隐约约地意识到这可能不是一次偶然事件。母亲对我控诉过太多次继父的不是,她的理由是,她自己上了年纪,而那人又太懒,不懂得温存,也不替她分担。她想要我接她过来,跟我住在一起。

也难怪母亲会生出这样的想法。我每年都会接母亲来城里小住几次,三十平方米的公寓被两个人作息不一致的生活搞得更加拥挤不堪。我早晨七点起床,晚上十一点前入睡,白天经营书店。而母亲不到八点就早早闷头睡去,早上五点准时醒来,摇醒我,比画着她要吃饭,她好饿。我不能给她准备冷餐,她血糖高又不能以甜点面食搪塞了之,只好睡眼惺忪地下床冲了麦片煎了鸡蛋给她,然后再等我彻底醒来,让她跟我吃第二顿早餐。这样的生活很快拖垮我,因睡眠不足引发的头疼愈演愈烈,母亲反而只要有一次摇不醒我就会气愤地责备我睡得太死,而我则会因为母亲偶尔的一次挨饿而悔恨不已。于是与母亲小住的日子,我必须调整我的作息,尽力与母亲保持一致,给她做一日三餐,控制她的饮食,给她按时吃降糖药,工作时间也尽量带着她,毕竟生活在城市里且语言不通又没有知识的老人,是很难交到朋友的。母亲有一段时间过得优哉游哉,我的朋友也变成了她的朋友,我带她去各家串门,她也能举杯与人把酒小酌一二。脱离家务的缠绕和继父的发难,在我的照料下,母亲自始至终感受着城市生活的便利和自己腾出手安享清福的满足,这对于她来说是极大的诱惑。

她心之所想,而我有自己的顾虑。

关于母亲的安置我不是没有打算。我的想法是,十五年过去了,既然结了婚,成了一家人,老了好歹是个伴。况且母亲熟悉农村的生活环境,邻里乡亲喜欢她的善良淳朴,乐意跟她相处。她自由自在,到处都是熟悉的人。而在城市里,这些条件都不能满足她。书店经营不善,小说卖得不好,我也勉强维持生计。带着母亲一起生活,我既没有自我的时间,偶尔出去应酬,又常常因为照顾不到她而自责悔恨。母亲喜欢黏着我,并极力挑起任何一件细微末梢的事来引起我的注意。今天她拇指肚上沾了一点污渍,一定要找到我帮她擦干净;明天她半晌间饿了,必定要店员打电话给我申请吃一根鸡腿来加餐;后天不管我有什么安排,她率先提出来要我答应陪她一起去逛商场买新鞋新衣服;她说哪家的鸡腿味道好,她说她想吃大骨头,也想吃我做的蒸面条;她说她腰疼病又犯了,炖一只鸡抓一服补药放进去吃了保准能好。

当然与母亲生活在一起,我有了别样的收获。为她忙碌着,我收起文艺者闲散的心思,只考虑如何讨她欢心并在物质上尽力去满足她。我变得踏实,做事务实,生活规律,心思单一纯净。每天早上和晚间拉着她的手一起在河边散步,听她在晨曦和夕阳里说话,走得累了把头枕在她膝盖上休息,给她测量血糖,欣喜地表达在我的帮助下血糖稳定降下来的巨大成就。

那段时间，我再一次清洗和放空自己。

继父的电话每天都打来，没有母亲在家里为他洗衣做饭，他一个人太寡而不习惯，而母亲一直拖延着回去的日期。与她长久共度的母女时光是快乐的想象，我当然心存一个愿望，暗暗下定决心，再拼搏几年，等生活条件再好一些，母亲也不想再劳动了，到那时再接她过来，雇用一位家政照顾她，这样我也能安心工作，两全其美。

可母亲等不及了。

我从出差的城市慌忙赶回来时她已经在医院躺了三天，看护她的人疲惫不堪，不眠不休地陪护了三天，而在此之前，她已经在家里五天五夜没有睡觉，上上下下被折腾个没完没了。

我看着病床上憔悴不堪的老人，心里竟半点都联想不出她往日和和气气的样子。她会叉着腰，赤脚踩在地上，摇摇晃晃走到病房门口探头探脑四处张望；她会突然拔掉身上的输液管和鼻孔里的氧气管，两眼瞪着与医生和护士叫嚣，强词夺理，嘴里骂骂咧咧个不停；她甚至会抢隔壁床的食物，用一整夜的时间絮絮叨叨，大声吵嚷，打扰刚做完心脏搭桥手术即刻需要静养的病友。

原本是生活琐碎里再平凡不过的一次争论，却致使她的神经系统彻底瘫痪，在家与继父大闹一场，不吃不喝，语言颠三倒四，瘫坐在地撒泼打滚。我接到电话后，紧急安置她到我常居住的城市，接她的人向我叙述当时的情形：母亲像抓着一根救命稻草似的抓住她，嘴里所说的每一句话都像是救命的声音。她被锁进平房屋里，一床简陋的被褥裹在身下，棉絮裸露在外被拖到地上造得极不像样，破破烂烂的几件衣服胡乱地塞进洗衣机桶里，眼里的泪水像喷泉般涌动着。她把人拽到一旁悄咪咪地说："终于有人来接我了，快把我值钱的东西带上，我看见魔鬼了，看见魔鬼了呀！"

2

我刚一走进病房，她看见我便立刻兴奋地坐起身，努着嘴对众人炫耀道："我女儿回来了，你们看！她回来了。她有钱，她有钱给我治病！"周围的人松了一口气，一一向我诉说这些天他们所经历的煎熬。一些不明就里的人对着我一顿斥责，责问我："为什么你自己妈生病了都不回来照看？"我推着行李，站在一旁只得苦涩地笑。母亲没有金钱和数字的概念，她也没有贫富差异的对比，她依然吵吵说女儿有的是钱，很有钱。她喧腾的声音引来各种猜忌和仇视的眼神，那些火辣辣的目光狠狠地盯住我不放。

我哑口无言。

她得意地冲着人笑。

过了一会儿医生和护士都得知了我回来的消息，立刻将我请到办公室里，向我详细说明了母亲的病情。第一，急性心梗，左侧壁室瘤已经形成，而且从造影上来看情况并不乐观，随时有破裂的风险，到那时真的是亡羊补牢悔之晚矣，感叹幸好这一次送来得及时。第二，脑梗，这也是导致她意识不清醒的最主要的原因，看样子并非一朝一夕的事，恐怕先前早有所征兆。第三，糖尿病、高血压，以及她心脏原因引发的肺部感染等，这些问题仍然不可小觑。最重要的是，按照目前的状况来看，她已经出现了严重的精神障碍，幻觉，躁狂，痴呆，双向抑郁。病情复杂，恐怕要转诊到精神专科去诊治。

我问医生："那为什么不先去治疗精神方面的问题？"

"我们要以最严重的临床表现为首要治疗目的，目前她的心梗情况最为危急，心脏衰竭对于她这个年纪的老人更是不堪一击。"

心里的忐忑不安有了答案，我闷声不吭，带着沉重的心情回到病房里，打发看护的人回去休息。当只剩下我和母亲单独相处时，我努力镇定下来安慰母亲："你看我回来了，你要振作起来，赶快配合医生治疗！知道不知道？"

母亲像没听到似的，自顾自地喃喃自语，渐渐地眼神变得狡黠起来，一把拉着我的衣领，附在我的耳朵边也斜着眼压低了声音说："娃娃，这家医院的医生要害我，你快给我转院吧！"

"就在这里住一星期，好不好？"我强忍住去哄劝她。

"不好！"母亲突然气急别过头，生气地跳下床收拾东西准备要逃。

我追出去。

母亲那个倔强的身体拖曳着松松垮垮的病服，十几天未见，母亲被疾病折磨得不成人形，她瘦弱的身躯倚在门框边对着走廊里来来去去的人控诉："那个屋里头的人想要我死，我女儿也不听我的话，这里的医生也不中用！他们没安好心，都想要害死我！我可没那么傻，他们想得美！我可不会如了他们的愿。"她绘声绘色地演绎，配合阴阳怪气的笑。

我着急去拉她,她不知道哪里来的力气,一把挣脱,狠狠地推开我。

邻床的病友家属无奈地说:"她就这样闹腾三天了,我们还想着你回来了她能安稳一些!你要是再不想办法,我们就打算联名投诉她,这样的人就应该送往精神病院!"话说得很难听,我连连道歉,试着抚慰他们的心。

母亲控诉和呼救的声音越来越大,围观的人也越聚越多。短短的时间内,我的母亲变得不可一世,蛮横无理。我不知道该怎么办才好,哄劝不是,拉拢也不是,她已经听不进去半句话,嘴里只有一句:我要死了,我不想死在这里,救救我出去!我要出去。并双手作揖,对着走廊上的人四处求饶求救。

我六神无主,双膝松软几乎对她跪下。

她根本不理会我。

在众人指指点点和唏嘘的纷乱声下,我一个巴掌打在自己脸上:"都怪我,为什么要出去工作?"又一个巴掌打上来:"是我没有看好她才会让她这样!"我再掌掴自己:"我为什么就不遂了她的心意,怪我!都怪我懦弱无能。"连续十几个巴掌打下去使我顷刻冷静,我意识到这不是演戏,这是残酷的生活。我必须要面对并收拾这慌乱的场面。

其他人与我们无关,他们只会来看笑话。

母亲恍惚过来,她看着我的疯狂举动,愣了一下,但是她的疯言疯语和咆哮声并没有停止,并且她开始效仿我的模样疯狂地掌掴自己。所有人都像看戏一样围观这对走火入魔的母女。"啪啪啪"的巨大声响回荡在医院的走廊里。人越聚越多,母亲越亢奋,也越发打得起劲。

我不去阻挠,只看着她,良久,直到她打到自己累了,感到痛了,甚至是有些害怕了,兀自跌坐在地上,开始像个小孩一样后知后觉般哇哇大哭。

医生和护士赶过来,拉开我们两个,几个人合力把她抬走摁倒在床上,打上吊瓶,强行注射了一针镇静剂。而我仿佛是一个旁观者,眼睛酸涩,木讷地看着眼前所发生的一切。躁动的母亲耷拉着眼,缓缓地安静下来,像一只泄了气的皮球,无力地躺在那里。

医生舒了口气这才有工夫想到来批评我,"你不能这样刺激她,她是个病人!"我不应答,委屈的眼泪扑簌簌地掉下来,垂落在地。"唉!算了,家里就你一个女孩子,也挺不容易。"医生摇了摇头,转身离去。我浑浑噩噩地站立一侧,浑身冒冷汗,不敢靠近那股可怕的力量,仿佛那里是一场还未刮走的龙卷风的风眼,眼前这个人真的还是我和蔼可亲的母亲吗?我不相信刚刚所发生的一切。直到脸上火辣辣的感觉传递过来,带着一股羞辱和刺痛,我扑倒在母亲身边,一把抱住她的身体,呜呜咽咽哭个不停。

母亲醒了,她看见我在哭,竟无半点疼惜,也无半点怜悯之意。她问:"你哭什么?你继父待我不好,我不想伺候他们。这家医院不好,我要离开这里。"她仍不依不饶地说。跟我说话的语气好似我是一个无关紧要的人,我的哭声对她没有造成半点威胁,她执迷不悟的决心也没有丝毫动摇。我紧紧握住母亲冰冷的手,刚刚的鲁莽举动令我后悔不已，语气也柔软了许多。

"母亲，咱们听话好不好？就听我这一次。咱们就在这里住一天。我给你换医生！明天我给你换医院。"我甚至苦苦哀求道。与其说我不想与她对抗，不如说我彻底妥协了，对待这样一个病人，我的智慧毫无用武之地。哄着她，用所能想象到的并觉得可以奏效的语言哄骗她，我终于占了一次上风。

母亲忽然改了心意，匆忙地看了我一眼，重复了一遍我所说的话："好！换医生，明天换医院！"一丝温暖在她的眼神里攀爬。我忍不住又哭出声来。

"你哭啥哭？再哭我现在就走！"母亲佯装掀开被子厉声道。

我感觉到她语气里的寒意，忙止了声，把眼泪默默地吞进肚子里，然后拉着她道歉说："对不起！我错了，我不哭了，我再也不哭了！"边说边去抚摸她的脸，试图给她安慰。

母亲别过头，不让我碰她，她的眼睛盯着病房门口的方向，那里空荡荡的，只有浓烈的消毒水气味在空气里飘浮着。被这么一闹，整个病房的其他人也被暂时移置到了别处。没有了观众，此刻她显得有些落寞而寂寥，仿佛是一出独角戏唱到了尾声，身为主角的她显得有些不甘心。

当晚守在病房里，母亲仍然一刻不停地来回上下床走动，护士拿她无法，只得来训斥我。我看她在床上憋得难受，几欲抓狂，只好顺从她，默默地跟在她身后，不让她跌倒或者伤害别人。她整夜不睡觉，嘴里念叨不停。她的思维像一张扩散的网，天马行空，想到什么说什么，从而支配她的行动不断发出指令，一会儿饿了一会儿渴了一会儿上厕所，一会儿情绪高涨引吭高歌，一会儿安静下来抚摸着我的脸黯然消沉。邻病房的人不得安睡，我不断赔礼道歉，苦不堪言。我试着哄劝她，慢慢地，我变得跟她一样说话没有逻辑且反反复复。

"母亲，睡觉了，听话。"

"母亲，睡了，大家都睡了，别吵到人家。"

"睡吧，天马上亮了。"

"睡吧！母亲，你闭上眼睡一小会儿。"

"母亲，回家，咱们睡醒就回家。"

在我彻夜的催眠和安抚下，母亲终于睡着了十几分钟，而我在那十几分钟内，也随着她陷入迷迷糊糊的梦境里。

我太累了，一路上坐飞机，再转车，再搭车，再马不停蹄地奔赴而来照顾她，我意识到自己半天未进食，而我的肠胃没有半点饥饿感。仅仅是一天之内的煎熬尚且不能忍受，不知道母亲独自在那黑暗的恐惧里又是如何支撑下去的？我因此宁愿相信母亲多次提及死亡，以及表现出的对死亡的恐惧，反而是因为她求生的强烈意志。一位医生朋友告诉我，这世上除了不治之症，只要配合医生遵守医嘱并没有治不好的病，可为什么仍有人死于那些可以医治的病呢？答案是病人自己放弃了生的希望。按照这样的理论推敲，母亲应该会挺过这一劫，抱着这样的念头，我艰难地挨过这一夜，第二天便帮母亲办了离院手续。母亲现在的状况需要继续治疗但不适合继续待在医院。

解铃还须系铃人，既然我给了母亲念想，现在我就来实践我的诺言完成它。

3

回到家里，心情有所释放的母亲竟睡了下去，我的神经却怎么也无法放松。打开自己的网上银行账户，我第一次规划着如何分配卡里的钱。未来像个不速之客，我即将要应对这个令我茫然无措的神秘人物。母亲这一病，就意味着我以后只能贴身照顾她，我不能外出工作，也必须牺牲一部分时间，并舍弃我计划已久的梦想。没有外力的援助，没有兄弟姐妹的帮忙，继父的家庭本来就拮据，我也根本没有想过去指望。只剩下单薄的我可以依靠。我是真的懊悔不已，责怪自己为什么在以往的某一刻没有拼尽全力争取一次加薪的机会，又为什么这么不争气，一事无成，将自己拖入这窘迫的困境。而我平日里的那些散漫和快活似乎都成了一种罪过，将我整个人自上而下从头到脚彻彻底底鞭笞了一顿。自信的过往成为一张废弃的纸页一掀而过，我要以全新的面目来应对即将到访的客人。未来！我再次咀嚼这两个字，我不再自私地只考虑自己，母亲会以她的身份，我生命中最重要的人与我捆绑在一起。未来，这两个字再藏不起我的私欲和个人奢望。未来，我不再是一个人。

我望着睡着的母亲，她的手指还在灵活地转动，嘴里断断续续说着话，她并没有进入深度睡眠。那个沾着枕头就能鼾声四起的母亲也不一样了,她即刻要以这种病态的状态参与我的未来当中。

不到半小时,她睁开了眼,呆呆地望着我,比画着说她饿了。我感觉到欣慰,忙给她准备了一碗她爱吃的。她吃了一口吐了出来,我忙不迭换了别的食物送到她嘴里,她还是直摇头,我明白过来并不是饭菜不合她胃口,而是她心里那个魔鬼在作祟,它要不停地折腾她,直到她低头认输。

我拍了拍她的背,哄她镇静下来,她捶了捶自己的胸口说:"我这里好闷啊,娃娃,我好难受。"我抱住她,不让她看见我的眼泪滑过。她只在我怀里乖顺了一会儿,又挣扎着冲进卫生间,要洗澡要淋浴,我只好一一配合她。她看我什么都听她的,反觉得无趣,转身把我的衣服翻箱倒柜全部扒了出来,折了又拆拆了又折,我的目光紧随着她的举动,下一秒钟她又欢腾地抱起我的衣服,我起身阻挡在洗衣机前,她正准备拖着我的几件干净衣服丢进去。她不理会我,一把丢了衣服扔在地上,又开始冲洗码放整齐的碗筷和盘子。"你这样邋遢我怎么放心走喔?"一句话像刀子划破我的心肠,眼泪糊了脸,我哭出了声音。疯就疯了,傻就傻吧,只要她还是那个爱我的母亲,为了她,我愿意做出一切退让。

可是我低估了一个精神障碍者的恐怖。失去情感觉知的人,他们比机器还冷血,比飓风还无情。

起初只是黑白颠倒,母亲对着外面的太阳说那是月亮,该睡觉了,睡了一会儿又闹着说天亮了她饿了,然后推了推睁着眼的我,指使我快去给她做饭。而天亮以后逢人便诉说我的懒惰、自私和不孝顺她。细数母亲陪伴我的每一个夜晚,她的每一次翻身和脚步的声响都能即刻将我惊醒，她睡在我身旁，我没有睡过一次安稳觉。我神经紧绷，时刻关注着她的行动，配合她的需求，而母亲偏偏以这样的话来刺痛我，我的心里难过极了。而连我的每一次伤心难过，母亲都视若无睹，有时还会发出极度不耐烦的威胁："你再这样管我，我就死给你看！"

来我家的第四天夜里，连续五天守着她，被她各种要求折磨得疲惫不堪的我混沌了一会儿。忽然一声响动，我意识到发生了什么，忙从床上一跃而起，只见母亲正打开门往外走去。零下几度的冬夜，母亲只穿着一件睡衣颤颤悠悠地下楼，我拿着一件棉袄尾随其后几次给她搭上，她几次推脱。

我问她："你要去哪里？"

"我要回家。"

"回哪个家？"

"回山上。"

"山上没有房子没有家。"

"山上有你父亲。"

我的眼眶又开始盈满了泪水。

小城的夜晚寒冷而寂寥，连昏黄的路灯都显得有些凄凉。我陪她穿过马路，跟着她，她猛不防地甩开我直直地跑出去，一辆车尖叫着发出锐利的声音，停在我们眼前，开车的人晦气地骂了一句，母亲站在街上与之对骂，那人气呼呼地想要下车来理论。

"我是个病人，你敢气我？"

"精神不正常就去精神病医院！"那人啐了一口，绝尘而去。

母亲暴跳起来,追赶着回应:"你说谁神经病?你回来说清楚。"

我败下阵来,屡次应对这样荒唐的情形,我已经领受了些经验,此刻我能做的只是充当一个配角,配合她演一出出跌宕起伏、生离死别的剧目。

母亲身上积攒的一部分钱是我每次回家偷偷塞给她的,为了她使用方便,我特意换作大大小小的零钱交代她自己可以随意买些贴补。她这一次纵然脑子瘀堵,却还是临行前把那些钱宝贝似的随身带着。此时这为数不多的一笔存款成了她任性妄为的筹码。不管来往的是货车还是出租车,母亲伸手便拦。所幸街上的车辆屈指可数,母亲冻得瑟瑟发抖终也没有成功。

我趁机把棉袄搭上去,母亲只好接受了。"等天亮了我送你回家,送你回山里,我也回山里去!以后咱们母女就在山里生活。"我趁热打铁,好说歹说,她总算被我哄骗回家。天一亮我正发愁着怎么应对昨晚答应母亲的话,她却走到窗前,把窗帘一拉:"月亮又出来了!"她躺下,我必须争分夺秒地跟她一起躺下,最好在她睡着后睡下,在她睡醒前清醒。

第六天,算上在医院陪护的那一晚,我已经连续一周不眠不休。体内那块震颤的肌肉发出信号,有先天性心肌缺血的我心脏难堪重负,可看着在我眼前来回晃动,转转悠悠,把橘子和香蕉一个个剥了皮的母亲,在她无尽的充沛的精力面前,我不能让自己轻易倒下。

第七天,要忍受这一次极致的考验,我不想成为懦弱和愚昧的人,我很想尝试,一个正常人连续不睡觉的忍耐极限到底能到哪里,可是我又不能死在母亲的前头，站在生死的交叉路口，我与母亲一起扛下命中注定要忍受的一次劫难。

第八天，母亲奇迹般地恢复了神色，她提出要出去透透气，我刚好要给她买药，独自放她在家里又不放心，索性带着她。那天的天气很冷，母亲找来我的羽绒服和一双新鞋，她说这些她喜欢，她要穿着。我看着她不伦不类地一一套在身上并没有说什么。

母亲的个子矮小，宽大的羽绒服像被褥一样裹着她干瘪的身体，她还找来了我的一条红色围巾，从头部缠绕到颈部只露出眼睛和鼻子。几天不关注时间和天气的我甚是诧异，母亲又是如何感知到天气骤然降温的。她很高兴地打扮了一番，还嘱咐我一定要多穿。我恍惚觉得那个可爱的人又回来了。

在那个永生难忘的停车位上停好车，我要母亲等着，我一会儿买完药就回来。可我回来的时候傻了眼，哪里还有母亲的人影，我的车门开着，不知何时她逃了出去。

我慌了手脚，全然不顾地一家家商铺跑过去询问："有没有看到一位老人？"我问，"有没有见到一个裹着红色围巾的老太太？"

我发了疯似的奔跑着，天上的雪飘飘洒洒降落人间，我继续跑，嘴里灌着风，雪花迷了眼。街上人群涌动，纷纷攘攘，转眼就鹅毛大雪。我的母亲在哪里？有人见到我母亲了吗？我哭着喊着，像小时候午觉醒来，哭着找不到母亲那时的恐慌和不安。没有人见过，没有人可以帮我，我丧失理智，像一头凄厉的怪兽一次次冲进一家家商户又一次次败兴而归。我在街心漫无目的地狂奔着，慌乱地掏出手机一个个拨打电话给我在这座城市里所有认识的人，我急促地表达我找不到母亲的那种焦虑和恐惧，那种徒劳无功，那种急躁和冲动。无数个可怕的念头闪过我的脑海，如果我找不到母亲，如果因此我弄丢了她。不！我制止自己继续幻想下去。而茫茫的人海中，风雪夹击的街道两旁，我像个盲人一样什么都看不到了。

一直往前跑，不知道跑了多远跑了多久。

我无望地跑回去，走到停车的位置，往回走到一个超市，一个女孩从里面冲出来拉住我问："你在找人吗？"我点了点头。她拉着我，我难以置信地看见母亲左右手各拎着大包小包的东西伫立在门口，跺着脚哆嗦着，看样子她已经等待了许久。

"母亲？你跑哪里去了？"我说话的声音一颤一颤的，心里憋得慌，眼泪紧跟着不由自主地掉了下来。

"找不到我母亲了，哎哟，我母亲哦！我母亲哪里去了？"母亲模仿着我的语气讥笑一番。原来她全程都在观看着我的一举一动。

店员告诉我，有位老太太来买东西，把身上全部的钱一摊，说她什么都要买，只要是吃的，都给她拿来。我看见她提了一袋小米、两提牛奶、几包午餐肉、水果和若干可能她都没见过的零食。她得意扬扬地看着我："都是我买的，我要吃！我有钱，我自己会买。"

"好的！喜欢什么全都买。"我佯装镇定帮她拿着东西上车，在车后座安顿好母亲，我以为我会因为失而复得的经历而重拾愉悦心境，可是在路上行驶的过程当中，我踩着油门并加大马力，双手抱着方向盘号啕大哭，在转弯处我拼命地长按喇叭，让我的哭声淹没在汽车长久而尖锐的鸣笛声里。

在那一刻，我觉得我的心被什么掏空了，这些天所积压的悲愤、恐惧、委屈、紧张、失落统统被释放了出来，轰的一声爆炸了，碎裂了。我这样一个失魂落魄的人，徘徊在绝望的边缘，这样装模作样地活着，我真的不知道我还能挺多久，我真的太累了。

"母亲！我真的好累啊！"

母亲无动于衷，只淡淡地说了句："你哭什么哭啊？我就站在那里，你自己找不到我？"我抽泣着，没有言语，不敢有任何怨言，如果换作任何一个人，我发誓我一定会报复过去让她记住我的心痛。可是这个人是我的母亲，我能拿她怎么办。

我打算用一段时间的沉默和隐忍对付母亲的反复无常。她要我做什么我都听话照做，她骂我批评我我都一声不吭，我彻底噤了声，沉默得像是一尊石像。

母亲在小区和公园里游玩，我也陪着，她哭我也不为所动，她笑我却默默流泪。我能感觉到体内积攒的所有泪水都在那一周的时间流干了，于是我拼命地喝水，补充水分，停止思考，停止前进，停止反抗，我像个傀儡，跟随着母亲的悲欢忧愁摆动我的情绪节奏。

母亲用手抓饭吃，我给她洗手洗脸，母亲随地小便，我用身体挡着她，也没有了羞辱感。母亲滚在地上，众人来看来劝，她取乐的心劲一时兴起，乐此不疲。我对这一切都默不作声。直到她玩得疲惫了，我弯下腰，让她顺势爬了上去。背着母亲艰难地前行，一层层踩踏陡峭的阶梯，她在我背上不安分地摇摇晃晃，加重我的力量负担，并打破维持的平衡。

我心里有颗钉子刺破真相，像是一个惩罚，她的出现，就是要检举我所犯过的错误。如今，我必须为这一切错误承担后果。

如果结局不是朝着好的方向发展，我一定会拿出我的恶意诅咒这一切，我甚至会痛恨这个猝不及防的未来，也从此厌恶这个凌乱不堪的自己。我不知道美好的未来会走向哪一个分岔路口，我到底应该在哪一个路口忠心地守候。可我看着疲倦的母亲短暂地进入睡眠，我选择原谅了她白天里荒唐的一切作为。如果能换来她的夜夜好梦，我也愿意与这个世界与自己达成和解。

梦醒时分，一切都没有改变，母亲，我，还有这个冰冷的世界。也许明天，就咬紧牙再多坚持一天，期望的一切也许能在某个清醒的阳光中浮现。而在此之前，我必须消化掉自己的悲伤情绪，铆足劲往前冲，努力做好她的女儿，也要准备成为她的母亲。

怡和老年公寓

一条旧公路冲开两排高耸静谧的杨树，红漆抢眼的招牌掩映于蔷薇花架之中，林林总总的荒冢连着一大片废墟。暮春时节，蔷薇花开到颓靡，空中飞舞着白色的杨絮不时遭到路人的唾弃。出租车只能导航到漯河公墓的位置，再直直地往前开出二十多米方能看清楚上面的字：怡和老年公寓。

我在母亲入住后就常光顾这里，几乎每个开到这里的师傅都会探出头去问一句：在这个地方开养老院，风水真的好吗？我不置可否，但也许正是他口中所谓的"风水"安顿了母亲那躁动不安的灵魂。

母亲刚得病时，村子里传来不少谣言，有人打电话劝说我就不要再花冤枉钱给母亲治疗了，隔壁村有信奉耶稣的"圣明之家"，只需要把母亲带回去，众信徒日夜祈祷，母亲的病保准见转机，先前已经有过不少痊愈的病例。他们言之凿凿，并对此深信不疑。

毫无疑问，我断然拒绝了。

在照顾母亲的时日里，我孤立无援，精神和身体都接近崩溃的边缘。一个记者朋友打来电话建议不妨把母亲送往护理院去试试，那里是医护一体的老人疗养院,很多到了岁数的老人都住在那里安享晚年。我一听就有些犹豫,家里已经有人被送往当地养老院,每次回去探望,都如芒在背,我不想母亲再被送进那样的地方。按照农村的说法,只有断子绝孙的"绝户头"或者一辈子打光棍的人才会被送到那里,但凡有子女的人家,父母长辈若被送走,必定遭受诟病或耻笑。我不想再丢第二次脸。

记者朋友再次劝说:"你应该先去看看,那里的医疗配套设施也很完善,并且每月的护理费用不低。"

我听到后半句反而动了心,价格不便宜意味着他们可能有不错的能力和卓越的服务,而母亲需要多次的治疗。钱我可以去挣,能力范围内花多少都在所不惜,母亲的治疗刻不容缓,因此我决定抱着希望去一探究竟。

母亲当时的情况时好时坏,情绪也阴晴不定。刚见我来时会笑眯眯地迎上来嘘寒问暖,甚是关怀,转瞬便换了副面孔,冷冰冰地投掷一句:你是谁啊?你走吧!我假装要走,她又恶狠狠地嘀咕一句:走了就再也不要来看我!刚送过去的几天她反而显得有些兴奋,我也终于可以睡个囫囵觉,可手机却不敢关机,全天24小时有专职人员不时向我报告她的情况:今天晚上她吃了一碗饭,在娱乐室里看别人下棋,跟着人起哄,然后乖乖地睡去了。再看监控,凌晨三点左右她一个人背着手在走廊里来回转悠。过了两天,报告的内容换成:今天哄着她吃了半碗饭,她边吃边吐。后来她去娱乐室里玩,抢了别的老太太的轮椅,争执不休,吵得面红耳赤,最后无计可施干脆冲着人家踹了一脚。

晚上她跑到别人的房间里去，拉着陌生人的手说了一整晚，不胜其扰。

因为有医生不定时抽查诊断，护士给她配送药，专业的护工看守，营养全面的饮食，温度适宜的环境，文明有序的老人以及丰富多彩的娱乐活动，我对这个被誉为"全国十大模范护理中心"的地方十分满意。

可住进这里的人终究不是我，我是必须要为母亲的过失行为不断买单的人。

我带了她去跟人郑重道歉，母亲一开始极不情愿，几经劝说，最后两位老人像闹别扭的小朋友一样握手言和。在院长的见证下，护理人员也保证一定要看护好她，安抚她的情绪，不让她再惹是生非。

磕磕绊绊总算消停了几天，我按照要求缴了一个季度的费用，帮母亲安顿下来。在她暂时的新家里，我带来她的生活必需品、药品和一些营养补充品。回到家里仍然对她的状况不甚放心，于是我的睡眠被奇怪地分割成碎片式，只要每一次意识到自己陷入混沌，就强迫自己清醒过来，然后翻转身去查看手机里的信息，直到确定和母亲护理员的对话框那一栏里没有红点闪烁，才会再度睡去。我在半睡半醒中挣扎了几个晚上，然而意外总会在午夜酣睡之际叫醒你，然后一举敲碎你的幻想。

我接到一个电话，院长用惶然且急切的语气说："请你天一亮务必来接走你的母亲，我们这里恐怕不能接收她了。她昨晚乘人不备，从公寓大楼一路逃过护士和护工的注意，跑到前院，试图翻墙逃走。要不是值班室的大叔警觉，后果不堪设想。我们这里是模范中心，倘若出了这种事，不但名誉受损，而且谁也担不起这责任。"

我央求再三，对方不假思索，电话冰冷地挂断。

我彻底清醒，再无睡意，爬起来走到窗前拉开窗帘，独自对着黑色的夜，蓝色漏着光的天空，呼啸的强风，空无一人的街道。窗户上映出我大大的虚影，我努力端了端自己的仪态，对着镜子里的影子默念道：没什么大不了的，母亲要回来了，我再努力看看，说不定我可以在她身边睡着。我也相信我能照顾好母亲。

可眼泪背叛了我。我讨厌现在这个动辄流泪的自己。

第二天去接母亲，一路上我心神不定，恍恍惚惚像是回到帮母亲办理出院手续的那天——照顾她饮食起居，三番五次陪她去精神病院做测试题，我放弃了工作，甚至失去了自我。难道那样的程序需要重来一遍吗？

生活这台腐朽老化的机器，为何一定要将麻烦事不断循环？它应该像一艘巨轮，沉入海底就不要再有回音。

走到值班室，那个大爷向我诉说母亲试图逃脱的前因后果，连起初说话温和的护工阿姨也来控诉，母亲现在的病态演化愈演愈烈。她给我显示他们后来在杂物间发现母亲时的情形。母亲知道自己惹了事，就偷偷躲去那里，反锁着门，久久不肯出来见人。有人破门而入，发现她蓬头垢面，衣衫褴褛，边抽打自己边躺在地上哭闹不止，嘴里的话含糊不清，泪眼模糊，那哭声撕心裂肺，哭到我肝肠寸断。我一把推过那连续不断传来不适画面的手机屏幕，躲开越聚越多的众人，和围拢着一一上前指责母亲不是的种种声音。我知道他们指责的是我，对一个患有精神疾病的老人无可奈何，可对一个正常人，他们表现得极其不冷静。

母亲在她的房间静静地等待着，脚边堆放着大包小包的零星物件，她像逃离后归家的那次一样,用慌张而期待的眼神告诉我,她想离开这个地方,回到安全舒适的家里去。我对着无知无觉、神情木讷的她没有一句言语,走过去,拉着她的手。这些天,她是如何与这个新环境调和,又是如何对付这里与她思想不一致的人群,这一切都过去了。而接下来要怎么做,我又该如何平衡和取舍,已经不那么重要了。

我扛起那些母亲打包好的东西,说:"母亲!咱们回家去!"说完我的鼻头一酸。

母亲却意外地拖住我的手:"你莫哭,娃娃!是我不好,要不我再在这里多住两天试试?"

我用力地拽住母亲,母亲异常清醒,被我拖着却挣脱般解释道:"是他们不对,他们说你是洋娃娃,说你跟我长得不一样,他们那么说我才……"我听不下去了,心里那个孩童时期暴戾的自己跳了出来,大声催赶她道:"你不要再说了,走吧!赶快走!这不是你想要的吗?"然后再次拖着她,穿过那些匆忙赶来看我如何收拾这结局的人,"这里不适合你!"

我最后一眼看过去,封闭的一栋白色四层大楼,从外观上与医院的建设别无二致,不管他们来自哪里,当时在做些什么,衰老把他们统一赶向这里,美其名曰老年退休疗养中心,其实也是养老院的另一种形式。他们因为不同的疾病或苦不堪言的原因不得不来到这里,只不过是没有消毒水浓烈的气味和并不频繁的死亡讯息,甚至在休养期间各种娱乐项目填满了他们的生活,以及儿女子孙们的殷勤探望使他们忽略自己疲惫且苍老的身体。母亲显然不属于这一类人群,她需要自由地呼吸，纵然她年逾七十，但骨子里认定自己还是一个体格健硕的女人，尚不需要人端茶倒水伺候，跟那些物质条件优渥的老人没有共同话题，她只有田地的劳作和洗衣做饭的经验可以与之分享。显然，在这里，她的故事并没有什么骄傲可言。而她必然成为被孤立的对象，更有人把她和我的故事当作茶余饭后的谈资。

因此我更信服这个理由，是母亲不喜欢这里，而并不是她被赶了出去。

紧接着母亲被安置在怡和老年公寓。

有先前并不顺畅的入住经验，我对这一类的养老机构并没有信心。入住的第一天，我看到与之前天壤之别的条件甚至都有些泄气。简易的筒子楼裸露在太阳之下，墙体隔开两人间、三人间，还有多人间的入住大厅，护工一人护理多个，应接不暇。医生也只有一位，一天几个来回巡视。开饭时间，两个帮厨阿姨抬着一大桶刚出锅的稀饭、一大盆的馒头和另一大桶蔬菜来往各位老人的碗里分。

天还没热，苍蝇就开始四处行动，我定定地看了一会儿，心里疑惑着这营养和卫生怎么能行？护工跑来告诉我母亲已经在二楼安顿下来，折腾了半天现在竟疲惫睡去。

已经没有别的去处了，如果母亲连这里都不能适应，那我只能另作打算，把她带回农村，并必须舍弃城市里的一切陪她回去治疗。两位面相和善的院长看出我的心思，分别前来宽慰我。她们说像母亲这种病人来这里疗养是非常明智的选择，说来也怪，可能是风水的原因，只要是精神不稳定的病人来这儿之后都会奇迹般慢慢稳定下来,因此她们这里的很多老人都是从北边(之前的护理院)转过来的。我对她们的话并没有放在心上,心想王婆卖瓜,谁不说自个儿的地方好,之前那个确实好,但结果呢?

母亲的病折腾这么久,我也总结出来了一些心得要领:第一,必须要通便。不然身体不通透,加剧她的脑梗,引发狂躁。第二,必须要休息充足,养好精神才能头脑清醒,逻辑清晰。第三,必须生活规律,按时吃饭,按时作息。第四,必须心情舒畅,心梗患者不能生气。前两项都需要药物控制,小叔叔一早给了我一张药方,中西药治疗加精神处方药控制,母亲已经服用了月余。后两项需要专人陪护,母亲必须在一个步调一致的大环境下学会群居生活。她像个幼儿园的小朋友,从零开始学起,分清楚白天黑夜,逐渐通晓事理、明辨是非,通过为人处世来重新建立情感认识。

过去的刻板印象里,当我们认为家人被病魔缠身而心急如焚的时候,医生总会轻描淡写地说,没关系,开点药,打完针或者手术完就会好了。即使这病根治不了,我们也需要医生等能力强过我们的人给出一些鼓励的话。我一直在等待着那个能给出一个说法的专业人士。偌大的城市,专科医院的医生给不出,那些奏效的话也没人说得出。但即便如此,送母亲到这里的第一个晚上,她沉沉地睡去了,我也稳妥地睡了一觉。

在这里，不管你来过多少次，他们都当你是第一次来。不管你多少岁，他们都只认你是个孩子。不管你多有钱，他们也只用孝心来衡量一个人的道德标准。在一个没有贫富差距的大杂院里，老人们以健康程度来论彼此的财富。他们讨论着天气，中午的伙食，新来的伙伴，一天当中的新鲜事。他们从不讨论自己身上的某些东西，像是一种避讳，因为那些痛苦就像轮椅一样摆在那里，只要不提起就不会觉得它的存在十分刻意。

"老李今天又跟护理员吵起来了！他骂护理员不给他晒被子，他碰见人就骂。"

"老金才搞笑，她女儿拿来好吃的她都让再带回去，说她不吃那些东西。可是看到别人吃，她又伸出手来要。"

"那个瘦个子的新来的终于不哭了，可是天天去门口抱草，就在两个点之间来回搬运，一天之中再没别的事可做，就那么些草，这下用不着粉碎机了。"

阳光下，说话利索的人飞速传达并交换信息，有的挪着轮椅凑过来听个仔细。而那些聋哑的则站立一旁会心地笑。还有一些躺在屋内床上的，他们的世界里没有四季，没有阳光，只有吃饭吃药睡觉上厕所，所见所闻也不过是电视节目或者护理员身上的变化。在一阵阵此消彼长的呻吟声中，他们都快要忘记自己为何会来到这世上。像是一种默契，四肢健全的人除了不谈论自己，更不谈论瘫痪在床的那些人，仿佛他们是不存在的——或者他们不愿意看到以后的自己。

通过医生的传递和每一次来时他们热情的打照面，我很快便熟知了这里的很多人。因而每一次来看母亲就像来看一群老朋友,我也更加乐意扎进老人堆里。

乡长父亲有两个儿子,大儿子是乡长,小儿子是财政局高干。夫妻两人一个常年瘫痪在床,另一个身体畸变不得不瘫痪在床。因为是本公寓少见的一对夫妻同时入住,他们一来便引起了许多人的关注,大家纷纷表达惋惜之意。

"虽说一家人,却不能住一起,男女得分开住。"

"更可悲的是,虽说住在同一个公寓,却不能天天见面。"

出于人性化的管理,护工王阿姨隔三岔五就会把他们两个推出来,摆放在一起。

众人又忍不住唏嘘:"虽说是在一起,两个人却不能沟通只言片语。"

夫妻俩双双脑梗压迫了语言神经,甚至老婆婆还被压迫到了吞咽神经,吃饭每每吃一半漏一半。后来干脆用破壁机将所有的食物打碎喝下去。

晴好的天气,相对而坐的两人无语凝噎。老婆婆哭哭啼啼,老爷爷眼珠子干瞪,急吼吼地想要发脾气喝止。大家都想要帮他们一把,又不知该从何入手。最终商量的结果是不如给他们一支笔一张纸让能写的人去写,能读的人去读。这不就结了!结果是老婆婆的一只手拐进怀里,另一只手背流着脓,一双手只有两根指头可以活动,偏偏一条腿直直地蹬出去不能伸缩,另一条腿大小腿折叠,筋骨锁死。坐立都难以稳定,更别说稳定住去挥毫泼墨。老爷爷不会写字,但他又表达不出来,气急败坏地手一抓,把那笔和纸推了出去。护工过来批评他:你怎么又开始不乖了？昨晚的床栏杆都被你折断了，你说你一个天天躺床上不动的人怎么就那么大力气呢？众人又设法把他们的手凑在一起，让他们就那么紧紧地挨着彼此一小会儿。这招奏效，两人相互注视了一眼，脸上同时晕染着两朵飞舞的彩霞。

众人都被这对苦命鸳鸯逗乐了，取笑他们说："还是小夫妻模样，这要是两人好好的，指不定嘴就亲上了。"

"高兴劲都写在脸上了，恐怕今晚两个人都要睡不着了！"

"老头子的床栏杆估计又要被捣鼓坏了，护理员你可要加强管理啊！"

一群年过花甲的老人谈论爱情，本着一股子老不正经的决心，编写了一出白马少年和神明少女的动人桥段。

当然他们内心都嫉妒着这样的爱情，因为要不了多久他们就会发现一个悲伤的事实，不能在一起不能见面不能讲上一句话又能怎样，至少他们举案齐眉，白头偕老，同居一处，还有机会相视一笑。而他们，过去多么真多么美的爱情都已化为灰烬，飘散在不知去向的风里，眼下只空留一人去回忆里独自品尝甜蜜和悲伤。越品越苦，越苦越不能原谅自己：为什么要独自一人活在这世上？想着想着那眼泪陡然爬上长满寿斑的眼角。

四个月的清洗，翻身，喂养，老婆婆终于舍弃了这苦难人间。瘦骨嶙峋的后背，不能控制的大小便，无法行动的每个关节，身下难以忍受的褥疮。如果活着连作为人的丝毫尊严都不再保留，活着就会变成一种对他人的惩罚，尤其是对那些生前帮忙她的人。可是作为人的基本良知还在,她不能这么自私地活着,那么安详地享受死亡就是一件功德圆满的事。

"终于,她解脱了!"医生和护工站在她窗前,抹着泪看着她缓缓闭上双眼。另一个世界,她在等着他。没有了老婆婆以后,老爷爷身上没了令人艳羡的标签,他也变得跟生活在这里的每一个人一样,不再受人关注,只是在众人的见证下,他少了些什么,他显得又与别人那么的不同。

九十三岁的刘奶奶是一名光荣的新疆兵团退休战士,她膝下有一儿一女,丈夫早年去世。不知为何,她总觉得自己的儿女不孝,因此自己多年来的积攒从未帮补过他们一分一毫。老太太一个月三千三的退休工资,再加上一些补贴补助,按理说这个经济条件可以度过一个不错的晚年。可她仗着身体健康,一直独自硬撑着非要过苦日子。

她来的那天是王医生去接待的,拎上车的行李不过是两个轻便的手提包,看样子是老古董的样式,跟她浑身古朴的穿着很搭。刘奶奶上车以后并没有直接来公寓,而是转了个弯去了趟银行,她说她要取钱。然后等她回来时王医生傻眼了,她其中一个手提包鼓鼓囊囊的。

"那不会都是钱吧?"

"对的!都是钱!"刘奶奶把包一甩潇洒地丢给王医生,"里面有十七万六,你暂帮我保管着。"

王医生没反应过来,他从来没见过这么豪气的老人。

"你一定要帮忙保管着,我的儿子女儿不可靠,千万不要让他们知道我有这笔存款。"她叮嘱道。王医生不知道她的儿子女儿究竟有多么不可靠,不过接下来的几天他就收到了护工阿姨的工作汇报。起初是护工阿姨发现刘奶奶就只有两双单薄的鞋,并且都是用针线缝了又缝,边边框框几度缝合,大小绳子打结绑定后的作品。于是院方通知她的儿子给老人送一双新鞋。来送鞋的那天,儿子把鞋子往地上一扔,面无表情地说:"给!你要的鞋!"护工阿姨见来者不善,好意提醒他对他母亲好一点,老人年事已高,没多少年福寿了。儿子置若罔闻般转身又来了一句:"妈!我姨夫死了,随份子不?要随的话你把钱给我。"

护工摇了摇头,回头便把这经过告诉给了王医生。

刘奶奶说:"我就说了那是个不孝顺的孽障,我前些天要他帮忙修条水管,他伸手管我要两千的维修费。我这是养了一个貔貅!"老太太一脸不屑,"反正这辈子我也没指望过他们,更没多少日子跟他们耗下去。"

"可别这么说,您身体这么硬朗活到一百岁绝对没问题。"

"放心,活不了几天了。王医生,你们公寓这么好!等我死了,我的那些钱都捐给养老院,我一分钱都不留给他们。"

"还是及时行乐吧,刘奶奶!对自己好点。"

护工前不久还反映过一件事,说她从没见过像刘奶奶那么节俭的老人,她有一次看到刘奶奶洗内裤,那条内裤一眼看过去就知道是一条长裤子裁剪而成的,更加不可思议的是,上面密密麻麻地打满了补丁。她还特意数了一下,那补丁层层叠叠至少有四层厚。"你说现在谁还有必要过这种苦日子呢?她这也太仔细了点!"护工阿姨啧啧称奇道。

第二十天，一早刘奶奶便给王医生打了一个电话，说她腋窝的那个位置不舒服。王医生心想这老太太平日里身子骨硬朗得很，应该不会有大问题。等他赶到公寓的时候，她的一儿一女都在床前杵着，他惊奇地询问他们怎么会来了，他们异口同声回答，都是偶然路过，顺带来看一眼，谁也没有接到电话，没想到就刚好撞到这老太太不舒服。

那儿子还漫不经心地丢出来一句："这老太太平时就爱找事，这点小毛病也用得着大惊小怪地麻烦王医生！"刘奶奶不理会他，转脸对女儿交代，这屋子里头还有半箱牛奶没喝完，走时一定记得带回去给外孙子千万别浪费了。王医生按照惯例上前去检查刘奶奶的身体，正当此时，刘奶奶突然大口喘着气，浑身震颤不已。王医生感觉到大事不妙，凭借经验掐人中，按压心脏，做紧急人工呼吸，同时大声疾喊着赶快拨打120。120未赶到之前，老人已然停止呼吸。一圈人围着，悲伤浓重的气氛笼罩在那个局促的房间。

众人尚沉浸在刚才的一幕中惊魂未定，儿子第一反应便是急忙侧翻过老人的身体，上上下下摸索，从她一贯穿着的那件衣服口袋里寻找着什么。果然那里面有三张银行卡，存款金额分别是三万、一万和十八万八。在儿女的眼里，老人的价值就体现在这三张单薄的银行卡上，除此之外，老人的存在别无他用。这具尸体成为他们唯一的负担，生前他们甚至连赡养的义务都不曾履行。

"要不是我妈死了，这些钱一辈子都见不到天日。"女儿幽幽地说。

床上的刘奶奶已经走了，她依然维持着生前守财奴的面貌，吝啬地连一滴泪水都不想留下。

旁观者当中有人嗟叹:"真是善良的老人,不给儿女制造麻烦,还无声无息地给他们积攒了一笔财富。"然后没有人应和他,众人皆快快地离他而去,那一天,是留给人严肃思考的一天。而那个不经思索轻易下此结论的人,听说后来坐了好几天冷板凳。

穿一双拖鞋边走路边听着踢踏的声响似乎是夏天的一种绝唱,母亲专宠这种节奏,然而她就是在这种节奏声里把自己摔了个腿部骨折。她在视频电话里哭得像个泪人,我不忍指责她,不住地安慰她不要哭,一定等我回去,然后去做手术。

就这样母亲再一次住进了市医院。一躺上医院里的床,就意味着病人即将接受治疗,而多数病人的心理台词是,他们的病已经被治好了。这种臆想支撑着母亲度过手术前疼痛的几个晚上。我依然没日没夜地守着,母亲的精神问题还未痊愈,她彻夜不眠和反复折腾我的招数又来了。

隔壁床阿姨看不下去,斥责她:"你这个老太太怎么这么不省事,你一晚上起夜数十次,你女儿哪一次没有照顾到你?你自己不睡就算了,还要一屋子的人都得没完没了地陪着你?"我听出来语言里的怨气,只能苦苦道歉,并解释说:"阿姨,您别跟她计较,她精神不太稳定。"母亲也转过头,懵懵懂懂地听明白些什么,说:"对不起,给你添麻烦了,我也不想啊!可我疼啊,你多担待啊!"

阿姨是退休职工,有两儿两女。小女儿嫁到了厦门,住在本地的大女儿和两个儿子每晚都会轮流来值班。他们一来就倒头大睡,白天则由撞到她的电动车肇事车主阿姨来照料。她断了胳膊,骨质疏松又不能手术,只能打着石膏和绷带接受保守治疗。刚来的第一天,她一听我是独生女,连连哀叹母亲的不幸和我的灾难。接下来几天,她自改了当初的说辞,跟我母亲聊天时都使用一种敬畏的口气道:"你这女儿养得值啊!一个顶十个。"

母亲就这样在一褒一贬间努力接触隔壁床阿姨。

住院观察一周,我想请医生赶快手术,一来母亲不耐烦,我担心她体内躁动的精神因子会被诱发;二来严重打扰到隔壁床的休息,我的身体也被拖垮,严重缺乏睡眠整日恍惚,再这样下去,恐怕我也会倒下。每天都在自助机器上给母亲的账号充值,只有先缴费,医生才会给用药,当然医生通知病人家属一定要及时续费,以免耽误了治疗。我自不敢怠慢,母亲对金钱和数字没有概念,但我还是事先交代绝对不可以让我母亲看到她住院花了多少钱。有时候我去厕所,等我回来,她会告诉我医生刚过来送费用清单了,然后她会盯着扯出来的那一沓厚厚的打印单,抢过来在两手之间反复折叠。她知道那是钱,对着那些数据直直地发呆,一向聒噪的她瞬间沉默了。而我站在那台充值的机器面前,难以置信地看着屏幕上卡内余额不足的提示,我的颅内嗡的一声,脑电波闪烁,从来没有过的绝望脱壳而出。血液从各个地方集结,经由血管涌进我的大脑前额叶。压力太强,我的眼泪被积压到夺眶而出,我旁若无人地蹲在地上良久,自动退卡的声音从来没有那么难听过,像切割机的声响"唰"一下划破我的耳膜。从来没有为钱发过难,小时候有一家人宠着,姑姑叔叔贴补,大了我自己赚钱,自给自足,无忧无虑。可是现在我的钱要掰开花,母亲是我的优先考虑对象。曾几何时,我买单变得没那么大方，买一样东西都会考虑是否必要，我的生活花销仅限于运动和饮食，尽可能地减少出游，甚至我会拿一张高铁票的价格来换算，这些钱足够给母亲交半个月护理费，拿酒店的价格做比较，如果住经济实惠的酒店，剩下来的钱可以给母亲买一个月的西药。如果减少两次出游，时间留出来陪母亲，等她身体状况稳定了，下次也可以找个地方带她一起散散心。

我若无其事地回到病房，可母亲看到我，还是张了张嘴愣住了。几个医生在一旁交流，中心思想是母亲可以动手术了，鉴于她有心梗和脑梗，这些都是潜在的手术风险，要我务必考虑清楚。

"手术风险是多少？"

"不能给你准确概率，急性心梗是一瞬间的事。如果手术的话，费用你也要准备好，一共是……"

"不用说了，医生！给她做吧！用好一点的麻药，手术也一定要请好的医生来主导。"

"放心！是由我们主任亲自来做的。"医生吃了一惊，他没想到我会这么果决。

我努力往回吞咽着什么，母亲感激地看向我，她不需要知道我的难处，她只需要享受舒服的待遇就好。

出院以后，因为担心母亲的营养不足，我常常带她出去开小灶，她喜欢吃炖得软香的大骨头，我跟她总是吃完沸腾的一整锅，吃到满嘴冒油，胃部高高隆起。即便如此，母亲仍习惯性地再管饭店要上几个暄软的大饼。她记挂着她公寓里的那些老朋友，说自己吃好了回去总得给他们一些打点。

一日，饭后我送母亲回去，一位说话总喜欢大呼小叫的阿姨跟母亲拌起嘴来。她说母亲小气，分饼时总是给她分得少。母亲索性把一大块塞到她手里去。她反倒嫌弃似的远远推开，故弄玄虚地问母亲："你这些都是谁买给你的？"

"我女儿买的。"

"你只知道坑你闺女，啥东西都只管伸手要。"

"你不也有闺女？你想坑你也去坑。"

"我有，我当然有。我有仨闺女。"

"有仨又怎样，又不抵我这一个。"

"你一个可了不起，都被你搜刮干净了！"

两人没完没了地斗起了嘴。护工阿姨过来，把母亲手里的饼拿走切开平均分了分，她揉了揉母亲的头发，安慰她说，奇奇不生气。奇奇去别的地方玩！

我问母亲，谁是奇奇？你是奇奇？母亲笑而不语地望着我，她也觉得不好意思被人这么叫，但不难看出，她很乐意接受这个宠溺的称呼。

那个九十七的老爷爷突然扭过头来："老高，你女儿又来看你了啊？"母亲热情迎上去答应着，并对我讲起这位老爷爷的故事。前些天晚饭时分清点人数，公寓里偏就少了这位老爷子。王医生四处打听，没有人知道他的下落，查监控看到他带了轮椅出了大门口，这时候他女儿打来电话,说父亲已经在她家院子里了,也请两位院长放心。王医生去接他回来,老爷爷还特别有诚意地道了歉,说对不住了,让大家担心了。问起他回家的经过,原来老爷爷自己搭乘公交,中途换乘几次,还有一长段步行的距离。半晌之间,一气呵成,这艰难的跋涉非常人所能设想,况且是带着轮椅年近百岁的老人。他执意要回家看一眼,但最终又被送回到这里。

他的状态很好,只有轻微阿尔茨海默病症状,耳聪目明,人也很友善,喜欢与人攀谈。他告诉我一件新奇事,就是公寓里新住进来一位老夏,外表看来与正常人没有分别,腿脚灵便,也没有那些杂七杂八的事。唯一不同的是,她特别喜欢跟在人后头走路,尤其喜欢黏着我母亲,像膏药一样,与母亲形影不离。

"可是我今天为什么没有看到她?"

"因为你来了,只有你来,她才会躲开。可能她感觉到你与你母亲太过亲近,她没有机会靠近。"

真有意思!我笑了笑,拉着母亲的手走出公寓,走到前院,那里有一片刚刚开垦过的庄稼地,绿油油的麦田让人心神荡漾。麦田周围被围上一圈栅栏,主人是一对看守大门的夫妇,两人十分用心地分别在四个角和四条边的中点扎了八个生动逼真的稻草人。因此这里成为一道亮丽的风景线,很多网友来此打卡,拍摄短视频和照片。后面高耸入云的杨树林威武雄壮,像是一层坚硬的壁垒,再过一个月,那些绿色的穗子就会变成金黄的硕果。一个季节完结,另一个季节开始。在季节轮换之间,宇宙万物的每一个生命体,悄无声息地完成了各自的使命。

坏的种子腐烂掉，好的种子继续传递火光。并没有人在意它们是如何在方寸之间运筹帷幄，拼命挣扎。

转眼那个往返于两点之间抱草的老人被安排到二楼入住，她的病越来越严重，有一次疯疯癫癫地抱起草拔腿就跑，连返回的那个点都忘记了。而那个喜欢每天晒被子，反反复复折叠被褥的老人也不骂人了，脑梗压迫到他的语言神经，这是这所公寓里不足为奇的病。母亲，这个一年多用药调理，三个月骨折修复，如今恢复神志的她，每日神采奕奕地走东串西，背着手在空旷的大院子里像个领导一样不停地巡视。她的问题也只有一个，就是突然瞄准了一个去处，捡地上矿泉水瓶子和纸箱子，等攒够一定数量就会私自拖到隔壁的废品站去卖。别人打趣她："老高，你又不缺吃不缺穿，为什么还这么拼啊？"母亲回答："我手术花太多钱了，我还要攒钱给我女儿盖房子，我也要回家去。"

"盖了房子我就能回家了。"

王医生说，阿尔茨海默病患者还有一个明显的症状就是会不停地嚷嚷着要"回家去"，哪怕到了家也还是要回家。无论何时何地，他们都在找自己的家。听起来仿佛是一种宿命，如果人一生下来就如此，似乎是个简单的活法。

哦！对了，那个好几天坐冷板凳的人就是母亲。

她现在叫奇奇。

天桥一枝花

　　说来也怪，我竟然到现在都不记得她的名字，好像是叫花枝，也可能是叫花壤，因为不知道她叫什么，一直不知道该怎么称呼她，也是长大后才知道原来她父亲跟我祖父是拜把子的兄弟，此后才开始称呼她为小姑。

　　论起辈分，这个小姑是我侄女的小姨，因为她的二姐嫁给了我的堂兄，我喊她二姐为嫂子。一个村子里总会有牵扯不清各喊各叫的几户人家，也不知从祖上哪辈开始就乱了叫法，含糊不清，只能按照亲近疏远和时间长短来裁定个大概。反正称呼跟名字一样都是个代号，无论我叫她花枝还是小姑，都不妨碍她的美丽。她那双圆滚滚的大眼睛镶嵌在瘦削的脸上，双眼皮，说话时眼睫毛扑闪扑闪的。皮肤白皙，丝绸一样细腻光滑，小时候我一度认为漫画里的少女人物都是按照她的模子刻出来的。

　　对她的印象就停留在她出阁之前。我还是个黄毛丫头的时候，她就梳起两条乌油油的大辫子，晃晃荡荡地垂到腰间，总是挎着一个木藤篮子，俊俏可爱，跟其他劳作的妇女一起满山地转悠，这样的出场方式常让人想起那首耳熟能详的《小芳》。

我二叔家与他们家一墙之隔，在我向哥哥们讨教数学知识的时候，她家院子里总是传来她的尖叫声，声音高低起伏。那声音太喧腾了，她母亲音域宽厚地唠叨，她大哥呜呜啦啦地烦躁，他二哥叽叽喳喳地吵闹，仿佛这一家子整日都生活在挥散不去的阴霾之中，每个人都试图挣脱这股霉气，但腐烂和积怨的某种东西一直闷在里面发酵，所有的声音都被压制下去，听到的人也都装作听不到。

少小离家到我大学毕业后回来，这座地处半山的天桥村始终没有什么大的变化，它就像被历史遗忘的原始村落，改革开放的风吹向哪里，惊天的雷一路炸过去，这一切似乎都与它无关，它还是那么保守、落后，冥顽不化地维持它的性格和面貌。只是在无意间，你会问起那村头的某某某怎么会不见了，而当我独自感慨世事无常的时候，村民们的回答则是：人早晚要过那一关，生老病死都是命数，新一茬估计你也都不认识了吧！果然，抬头看去，那一众嬉戏玩闹的小孩子，没一个脸熟或对得上号的。

我仿佛从离开之后就再也不属于这里了。

不只是我，任凭通往山里的柏油路越来越宽，越来越明晃晃，那些嫁出去的姑娘从此也不会踏上去几回，她们出生以后的人生信念就是尽快摆脱身上与之相关的一切符号。贫穷像是一种地方性的疾病，很多人认为只要离开某个地方就能慢慢地自动痊愈。

当然并非所有的人都会这么想，那些在城市里终日被囚禁在水泥森林的人，他们反倒渴望亲近自然，每逢周末或节假日，这里便成为他们最为理想的自驾游胜地。山里的水好空气好，深山出俊鸟。山里的姑娘水灵，一不小心，某位姑娘的芳容就会被一番包装，口耳相传。这就是花枝名号的由来，她被人称为"天桥一枝花"，以一枝独秀的形式流传在乡间多年。

小山村太寂静了，老人去世、孩子出生等一切婚丧嫁娶皆是无声无息。我常把这里比喻成一潭死水，动也不动，让人看了绝望，这种绝望中又透露出熟悉的悲凉。我知道，很多人得的那种病，一定会在其他地方成为隐患，他们一辈子要携带着这种可怕的细菌，很多人只是大意了，抑或麻痹自己，佯装不知那一早便种下的隐疾。

若干年后我意外地见到花枝，她带着三个孩子，一个皮肤黝黑的青春期女孩，一个调皮捣蛋的男孩，还有一个身患唐氏综合征的小女儿。她以一副憔悴的面容出现在我面前，不过美人的骨相还在，身材没有走样。我看到她着实有点惊喜，不断地在脑海里找寻她昔日少女的模样来做对比。她开口说了话，一张嘴，那平舌翘舌不分的外地人腔调使我有些恍惚，以至于她喊了我的名字，我硬是愣了半天没有答应。

"天啊！你都长这么大了？你应该叫我小姑，你知道吗？"她盯着我想从我脸上找到一种通往外面世界的密码，我可能会令她失望了。我不是她眼中打扮时髦的模样，而我的话语间，也没有令她捉摸不透的外地方言。她明显想要再找些话题来聊，比如我们共同认识的朋友或者某段刻骨铭心的经历，最终她只是问了一句，"你母亲身体还好吧？她现在在哪里？"

她的大姐替我回答了她的问题："你回来得少，宋小妞把她妈接到漯河了。那蛮子也算有福了！"尖锐的腔调是他们兄弟姊妹从母亲那里遗传的，包括语气豪迈，连从不顾忌当事人的感受也是如出一辙。我只是静静地站着，对她的回答不置可否。在这些出嫁的姑娘们面前，你不能多说一句。如果你过得比她们好，她们是会拿来比较的，因为她们的生活多半是靠胜负欲和虚荣心蹚出一条生路的。甚至你也不能有过多的表现，她们亦能从你的表情或语气里觉察出端倪，断定你就是自视清高，瞧不起她们那些没读过书的人。于是在接下来的半小时内，我听花枝独自阐述了她生完儿子后的逆袭命运。我的眼前浮现出一篇洋洋洒洒、一气呵成的几万字流水账作文，记录着这个女人的点点滴滴日常琐碎。她形容女人结了婚就相当于一步登天，我不得不承认这个三观直接刷新了我对婚姻的认识。然而，这还不算完，她又用了半小时的时间来说服我："你呀！也要尽早找个男人嫁了，趁你现在有能力有样貌，兴许还能嫁到一个不错的人家咧！"

她说："我刚进他们家门的时候，婆婆整天吊丧个脸，每天指使我做东做西，我大声不敢吭，哪敢言语。自从生了第一胎，是个儿子，形势整个倒过来了。我让婆婆把衣服挂到东头，她绝对不敢挂西头，我想吃牛肉她绝对不会去买鸡肉，因为我可以光明正大地告诉她那是她孙子想吃的。吃穿用度不用说，整个家庭地位都节节高升。女人哪！除了生儿子，还能有什么本事？所以我说你呀，一定要听小姑劝，赶紧嫁人。趁身体好，多生几个，只要生出来一个儿子，你的后半生就有指望了。"

我根本接不上她的话，更不知道该如何中止这场来自已婚女性的谆谆教诲。只见她的二姐——我的嫂子闻声从厨房走出来,并对她使了使眼色。当然,她对我如今的生活一无所知,但她自认为对我知根知底。我们家我这一代就是没有男孩的绝户头,只有小叔叔家的姐姐和我两个女孩独当一面。经她二姐提醒,她这才意识到自己言语里的冒犯,忙噤了声,露出一副既无措又无辜的样子。

这些年,我已经习惯异样的眼光和粗俗的评判,那些声音是关不住的。同样地,世界其他角落里的光也会照耀进来,生命以单一个体的形式存在,并不需要联盟才能对抗固化的思想。你只要跳出来,做你自己,让世人看见你身上独自的光。这是我作为现代女性的总结,但这一套理论体系必定不适合运用到她们身上。

我看着她的三个孩子,分别像三台轰炸机轮番上演惨烈的斗争,由此形成混乱的局势。不难看出,她刚刚的那些说辞分明在某些细节处存在漏洞。她的第一胎并不是男孩,而她还有一个身患唐氏综合征的小女儿,即便生了儿子摇身一变变身凤凰一步登天,那个智力一成不变、一辈子需要人看护的小女儿也能使她即刻坠入苦海。

不去拆穿她背后隐藏的心酸,然而到了晚上,我还是禁不住好奇地打听了一下。

原来这是花枝的第二次婚姻了,那个皮肤黝黑的女孩子是她从前夫那里带过来的,因为打小生活在现在这个家庭里,一家人并没有对她区别待遇。但是有了花枝口中的那个第一胎儿子之后,姐姐就开始叛逆了,这是可以预料到的事。一个非亲非故,一个传宗接代,必然有了鲜明的对比。姐姐有了危机感,她夺宠的这场战争一发不可收拾。

　　她把自己伪装成一个任性和骄傲的公主,一刻不停地找寻各种新奇的玩意儿,但她的目的不过是吸引别人的注意,所以那些得来的东西转头就被她弃之如敝屣。她的弟弟则在后面追打着哭闹不止,因为姐姐所抛弃的可能是他心心念念或爱不释手的某样玩具。

　　"从来没有一个女孩样!她简直就是来讨债的!"花枝这么评价她。她的话对她毫无震慑力,因为公主是不听人发号施令的。

　　"你能不能消停一会儿?"

　　"不能!"

　　"那就一个条件,你能不能不惹你弟弟哭?"

　　"不能!"

　　"你不听话我明天就送你下山去!"

　　"不去!"

　　"你就先把这碗饭吃了再出去疯行不行?"

　　"不行!"

　　"不管你了,明天你哥哥就来接你走了。"

　　"不好!"

　　反正你说什么,她都将"不"字挂在嘴边,不假思索地脱口而出。她说话的样子像极了机器人自动回复,并且这是一个态度极其恶劣的客服。"这样一个女孩子,将来可咋办?"花枝气急败坏地骂了一阵,也只能无奈地喟叹这么一句。

　　"女孩子长大就好了!"

"她现在年纪小，正是不省心的时候。"

她的两个姐姐分别前来劝慰她，不过观察了一会儿，她们也只好作罢，对着那个不吃饭反而飞上山墙拿根竹竿捅鸟巢的野孩子叫苦不迭。

我没想到的是她还有亲哥哥，并且是两个。

两个年纪相仿的男孩子，一个活泼开朗，十分有礼貌地一一打招呼问候，花枝也客客气气地回应。另一个性格内敛，不怎么爱说话，花枝摸了摸他的头，小伙子很不自在地躲开，眼睛一刻都没离开自己手中的平板电脑。不过从他们成长的痕迹来看，都算是正常的孩子，怎么也无法跟之前花枝所携带的三个孩子联想到一起去。花枝请他们来的主要目的就是想要两位哥哥来带一带这位不省心的妹妹，毕竟他们筋连筋是亲骨肉，又都是年轻人好沟通。她自己明显力不从心，心力交瘁。

更令我惊讶的是，三兄妹竟然是第一次见面。

花枝是带着刚满月的妹妹嫁过去的，当时誓死要与前夫一家断绝来往，狠了狠心，干脆连两个可爱的儿子都弃之不顾。

"我对不起你们兄弟俩，这么多年来让你们受苦了！"花枝没想过单独与他们谈话，周围没有外人，她很担心两个儿子会对她当年的决绝无法释怀。

她的担忧确实存在。

大儿子自始至终都没有正眼看过她，他全部的目光投放在第一次见到的妹妹身上，那眼神确定是找寻到失散多年的妹妹的眼神。真诚，饱满，激动而震颤，恨不得将妹妹一把抱起，把世上最好的东西都补偿给她。多么神奇的血缘关系，我对着电视剧里才会上演的剧情竟也有些触动。太感人了，周围的人也被感染了，二哥站起来，默默地守望在一旁，没有只言片语的流露，他相信妹妹也能感受到来自亲人的关切和问候。

妹妹的确立刻感受到公主般的荣宠。即便是初次见面，但她一眼认出两位哥哥会成为她值得信任的新靠山。

花枝被晾在一旁，她在内心反复演练多遍道歉的话消散在空气里，被当作了笑话。两个儿子无视她的存在，他们用行动证明他们只会认这个从未谋面的妹妹，那个生下他们而后又抛弃他们的母亲，他们此刻并没有表达原谅或不原谅的必要。

花枝当时应该是有所期待的，想象过有一个儿子冲出来大骂她一句，或者一个儿子直接冲她挥出了拳头，又或者他们背过去掂量，转过头来淡淡地回她一句：母亲，一切都过去了。她需要去准确揣摩两个儿子的心理活动，他们对她又爱又恨，但究竟是母子间爱大过恨，还是恨的背后隐藏着说不出口的爱。各种可能性排列组合，一一试炼拆解排除和对应，这种毫无根据的猜测太折磨人了，干脆一句话劈直地丢出来，问个清楚明白，从他们口中得到真切实际的答案岂不更加直接明快。

她会如愿的，毕竟她说的话那么多人都听见了。

就在她那么傻愣着，意识到自己是一个多余的存在，将要退出这场失而复得的亲情演绎时，她另外的一儿一女叫嚷着走了过来，儿子抢了女儿的食物大快朵颐地享受着美味，女儿哭哭啼啼，撕裂的叫喊声打破了刚刚建立的温情场面。她转身去拉小女儿，那哭成泪人的一团被从地上拖起来，只能不断地安慰，并紧紧地搂在了怀里。这时大儿子走过来了,他一把抓住她保护女儿的坚强手腕,像抓住一个逃亡的罪犯一样把她揪到了一旁。小女儿被吓得没了哭声,她像个没弄清楚情况的观众,反而被母亲提溜起来的滑稽样子逗乐了,忍不住原地拍手叫好。

一阵凌乱过后,他们的谈话在一间内室里进行。

一开始大家都故意把她争执不休的一儿一女支开,给他们营造私密谈话的空间。谁也不清楚里面发生了什么,不过很快里面传来了激烈冲突的声音,大哥愤恨地摔门而出,阴着脸,显然很不满意这次对谈。众人进去查看,只见花枝蹲在地上捂着脸呜呜咽咽地哭。小女儿仍拍着手笑,大姨二姨忙去拉至一旁。

"我接妹妹下山了,你自己好好想想吧!"大哥冲着屋内的人甩了一句,便推搡着妹妹往外走。他发动起一辆摩托车,载着二弟和妹妹,像个审完犯人得到答案的正义人士,一溜烟跑个没影。

花枝止不住地哭,她脆弱得像个孩子。两个儿子的到来一定对她意味着什么。也许从两位蹒跚少年的身上看到了前夫的影子,那些沉重的打击使她再度沉浸在过往的悲伤中无法自拔。这与先前那个自信满满、一脸轻松与我对谈的她判若两人。

傍晚,我了解到他们所谈话的内容。两人各执一词,儿子一口咬定母亲太过残忍,这些年对他们兄弟二人不管不问,没有尽到半分母亲的义务,现在又凭什么要求他们来开口叫她一声母亲。他们早已经忘了自己的母亲是谁。花枝有口难言,只能不断地道歉、自责,祈求两个儿子能为妹妹多考虑考虑,她自己知道没有颜面来见他们,并不奢求他们的原谅,但毕竟血脉相连,只希望他们打心里不再怨恨她这个母亲。

1

令她痛心的是儿子直戳心窝的一句话。

大哥不听她的辩解,只向她抛出了一连串的问题:"如果你爱我们,又怎么会离开我们带着妹妹独自离开?如果你觉得在我家日子苦,又怎么能丢下我们兄弟俩让我们各自去受苦?可见你最终爱的还是你自己。现如今你自己的一个儿子是个混世魔王,另一个女儿智力残缺,这都是你的报应。"

她张大了瞳孔,这些问题她一个都回答不上来。那些反复揣摩的可能性里,没有一个如儿子当前这般恨母亲恨到骨子里去的。

"我们这次来只是为了妹妹,并不是为了见你!"

如果说前面的问题让她的幻想破灭,最后这一句补充的话直接向她宣告了一个事实:她又有了别的孩子,而她被没收了作为他们母亲的权利。这是她万万没想到的谈话结果。

为什么会如此痛恨自己的亲生母亲?

那要问那些年,少年独自支撑的孤独和苦难。

女儿走后,花枝与我们一起回到了山上,回到了她阔别已久的故乡。她的家还在那里,老宅现在是敦厚结实的楼房,共两层,二楼基本闲置不用。二哥外出打工,常年不在家,家里只有吐字不清的大哥和一只老黄狗。通往她家的路极其隐秘,要走到后院,绕过一片萋萋芳草和节节攀升的蜀葵。以前那里还坐落着一间土坯的厨房,周围一圈被挺拔的向日葵包裹着,每每路过,我都忍不住拍下那座老房子,总觉得那里面有我想象不到的童话故事发生。

孩子们喜欢热闹，一来就与村庄的其他孩子打成一片。花枝则守在家里，守着大哥和老黄狗，收拾屋子，洗衣做饭。她少女时期的自我与此前的自己明灭重叠。

我隔着墙，从二叔家听到她响铃般的声音，那个花枝又回来了。她专注于手中的事，不去赞扬也不再埋怨。她的大哥被她照顾得很好，二哥的电话几乎每天都打来，往日里他们兄妹间的隔阂被岁月打磨，彼此传递的都是想念之音。有时她也在电话里小声啜泣，恢复到迷茫无助的语气。有时她语气平淡，又继续跟哥哥姐姐们拉家常。

我被打发去他们院子里找一株七叶一枝花。她从洗衣盆里腾出来一只带泡沫的手，指了指屋檐下的一个苗圃池："那里好几样东西呢，你喜欢哪一棵就自己挖去。"我走过她，忍不住想看她一眼，先前她与儿子产生的不快还历历在目，不过她脸上没有争吵遗留的痕迹。她像是忘记了有过那么一回事，并把我当作一个无关紧要的旁观者。女人都是善于遗忘疼痛的动物，最终，我从她的神情里捕捉到一丝从容不迫的动静。

"你回来了，你母亲谁照顾呢？"她没看我，继续埋头洗衣服。

"她自己住公寓，不跟我在一起。"

"哦？那不还是住养老院吗？"

"可以这么说。"我不打算继续聊下去，七叶一枝花已经到手，我却迟迟不肯离开这里。我心里还在琢磨着其他事。

"咱们有多少年没见了？"

"二十年吧！"

"天啊！二十年！"她露出夸张的表情，那些细小的假性皱纹细密地攀爬在她裂开的表情里。

"二十年前你只有那么高，挂着鼻涕，见人就躲。"她边笑边比画着。我也跟着也笑了，恍惚间觉得她是我童年时的玩伴，虽然我们根本不可能一起玩耍过。"你知道吗？你是吃别人的奶长大的，你可真幸运。你们那一茬的小孩子太多，但凡打听到有生产的妇女，你都会被送过去蹭奶喝。啊哈哈哈哈！"她几乎要笑出了眼泪，用手背去擦抹眼角，手上的泡沫反倒进了她的眼。

我看着阳光下，那个快人快语的少女被泡沫和眼泪纠缠住，她被错乱的时空切割一分为二，另一半是令人啼笑皆非的家庭妇女形象。我像做错事一样仓皇地逃了出去，我不知道如果我再多停留一秒钟，从她的口中又能听到多少令人不适的言语和惊叹的过往。我能感觉到，她总想剥开我的皮囊，看到我的内核，让我看到弱小、可怜、赤裸和潦草的自己，那个跟她一样的自己。只要找到我与她身上的共同点，她理所当然地会认为我会是她的盟友，以此类推，那么我就能认同她的命运和价值观念。

她到底经历过什么？带着这样的疑问，我并不能安然入睡。

花枝真的是太久没有回来了，她不善于走动，没有多少人得知她回来的消息，就像她当初被嫁出去一样，也没有几个人知道她被嫁了出去。城里来游玩的人却是有记忆的，他们会按图索骥地打听，试图得到一些花边新闻，但没有人能告知她的具体下落。可我从姑姑家那里得到了她第一段婚姻的故事版本。准确地说,那是她婆家人的故事版本。

姑父告诉我:"你们山里人太实诚了,也不打听打听那一家子是什么人,就这么把自己的闺女嫁出去了!"

"是什么样的恶人吗?"

"简直是恶霸。她公公明抢了自己的侄媳妇为自己续弦。他的那个儿子,更是个十恶不赦的恶棍,吃喝嫖赌抽样样占全了,臭名昭著,太不成器了。"

"花枝可以跟他离婚啊!"

"这不就离了嘛!最终还是她在生产期间,现抓到他与别的女人鬼混才不得不离的。太造孽了!当时花枝带着刚出生的女儿和虚弱的身体去法院对簿公堂。这种事情根本捂不住,我们这里消息多灵通啊!如果这都不离,花枝那真的过得太窝囊了。"

姑父瞟了一眼姑姑,继续愤慨地叙述:"我是你们山里的女婿,再者,你祖父跟她父亲也有些交情,别人才会跟我说起她的种种,不然谁会管他们的闲事。那些传话的人也是不安什么好心,故意说给我听的,那不就是明摆着给我难堪的嘛!"

"你有什么难堪的?做山里人的女婿就那么让你丢人现眼了!"一旁的姑姑不干了,与说错话的姑父大闹起来。

一个人过得有多悲惨才会对她的现状志得意满,我瞬间理解了花枝的那些夸大其词。她试着从现在的生活里找出一个平衡点,否则她将更无法面对前段一塌糊涂的婚姻。想必这一切,她的两个儿子都被蒙在鼓里的。大人对孩子灌输的观念向来是有失偏颇的。他们只会将正面积极的自己展现给他们，毕竟孩子生来哪里有错呢？我不禁又觉得她两个在那种环境下独立成长的儿子极为不易。

他们母子的冤孽总算梳理出一个顺畅的逻辑。

不久那个妹妹就从哥哥那里回来了，她跟从前一样，并没有朝着大人所希望的方向发展，大人们希望看到她跟哥哥们相处两天转瞬就变得乖巧伶俐。不过她焕然一新，从头到脚都穿着哥哥们买给她的裙子和鞋子，手腕上戴了一块亮晶晶的手表。她还炫耀起自己即将收到一个快递，那是大哥送给她的最新款手机。

姨妈们和花枝都气炸了，包括舅舅轮番给她哥哥打电话训斥了一通。大人们坚持认为那么贵重的礼物不适合一个初中生，再说花钱怎么能如此大手大脚呢？再怎样他自己也不过是一个大二的学生。大哥似乎并不买他们的账，第二天骑了那辆摩托车突突地进山，当着一众亲戚的面，把那款崭新的手机直接送到了妹妹手里。他是在示威，与他外婆家的所有亲戚。归根结底，他只想对他的母亲一人宣战。

那个眼睛里有火的少年，对每个人都拿出似火的热情，想必是他在黑暗的洞穴里爬行太久，内心渴望得到回应的一种映射。那么他对母亲表现出的强硬，是他一路磕磕绊绊跌跌撞撞的全部奉还。他认为母亲承受的磨难远不及他的一半。

花枝崩溃了，她努力拼搏的成就被她的儿子践踏在地，她作为母亲的威严全然丧失。在他面前，她再次看到那个失败的自己。带着一股愤懑和冲动，她把儿子带到了里屋，又一次谈话在里面大张旗鼓地进行。

这一次，所有人都听到了里面的声音。

花枝几乎是用嘶吼的声音表达自己前半段婚姻的遭遇。从他祖父辈的阴险再到他父亲的罪行,她像背书一样言语连贯,用词准确,连哭带泪,整整哭诉了一个小时。

一院子里的人全都变得沉默了,孩子们似乎也听懂了一些大人间的晦涩话题。肆虐的风好像也停了,树叶子纹丝不动。有人提议说:"这天太闷了,让人透不过气。不如带着孩子,咱们都到外面待着去。"

我耳间还回荡着花枝痛哭流涕间的急于表达,依稀辨认出大儿子嘟囔了几句,还听到一句含糊不清的"母亲",那哭声断断续续继而就变得更响亮了。

这下村子里没有人不知道花枝回来了,她把她的五个孩子都带回来了。邻居们开始纷纷上访,表示好奇和祝贺,大家都尽量表现出友善的面目。花枝擦了泪、洗了脸出来——一见过他们,还是小时候亲切的乡音,所见之人都是当年疼爱她的人。那种羞涩和喜悦的面容,我也是好久没见过了,这是大家刻在记忆里的花枝,此时此刻,我们又齐心协力,将她召唤回来了。

"你母亲年轻时候可是我们村里的一枝花,声名远扬,不知道有多少城里人来打听她呢。"

"是吗?"

"你小时候来外婆家,我可是见过你的。打小你就阳光帅气,到现在还是一个样!"

"我小时候特别黑。不随我妈。"

"可是你长得帅气,这可是从你母亲那里遗传来的。"

"嗯！"

少年被我逗得不好意思了，他不得不认同我的话。

作为平字辈的孩子王，我决定带领他们去山顶上游玩。站在高高的山巅之上，那里屹立着十几架风力发电机，扇叶子呼呼地吹着，迎着风，俯瞰脚下熟悉的村落和土地，它们又会是另外一副模样。究竟有多少复杂的难题摆在前方等着，也许一辈子也难腾出灵巧的手剥茧抽丝，但不着急，凝结的爱是我们共同搭建的巢穴和温暖的守护。尘世间有那么多种形式的爱，我们需要等待它慢慢呈现。我突然更加热爱脚下的这片土地，甚至渐渐对它的未来有所构想。

我举起相机，对着他们兄妹三人拍了一张照片留念。他们笑得好甜。

只要是美好的回忆，没有人会刻意忘记。花枝作为天桥村的一枝花又重新登上了舞台。我终于也明白了这些年，乡亲们对她闭口不谈的真正原因。

这件事要从她家唯一消失的那口人说起。花枝的母亲，也就是之前提到的那个音域宽厚的老太太。她的面貌像一张刚刚修复成功的老照片，从清洗的蒸馏水里显现出来。

那是一个混沌的时代，一部分人刚刚解决温饱问题，急急忙忙奔赴大城市奋战，只为了下一代吃得更饱，睡得更香。而外一部分人则停留在大饥荒的沉痛记忆里，留守在贫瘠的土地上，继续劳苦终日，勤勉生计。上了年纪的妇女尤甚，她们久未开发的大脑更容易受到新鲜事物的冲击。

父亲有一年听说隔壁县某某村有一座龙王潭，相传那是老龙王下海前盘踞的所在地，那一潭清凌凌的水滋润了许多代人，至今仍源源不断，水流似开了天眼，急促有力，越发红旺。有人在那里特意设了庙堂，去那里烧香拜佛的人络绎不绝，去的人必然提一桶那里的水回来。听说烧了香再喝了那儿的水，包祛除百病，延年益寿。这些都是老龙王给后人的许诺。消息一下子在整座村子传开了。拥上前去的善男信女不计其数，我从四姆家喝到过一次传闻中的那水，带着一股泥土的腥气，并没有我家的井水好喝。我漱了漱口随即就吐了出来，三伯还骂我亵渎神灵。

二嫂有一年夏天摇着蒲扇坐在院子里纳凉，一个讨饭的拉着二胡进了她的家门。两人聊得甚是投缘。讨饭的常走江湖，看二嫂的面相准确判断出她的一些慢性疾病，并预测了她在接下来的年关处会有一场大的灾难。二嫂慌了神，忙去询问接下来该如何祛病消灾。讨饭的故弄玄虚，先是拉着弦子唱了一曲，然后才道出破解的秘方。二嫂慌忙找来纸和笔按照先生所说誊抄配方，完毕还拿出了两百元当作谢礼。这一谢不要紧，讨饭人趁她打盹时不备，撬开了存放金钱的那个箱子，把她的所有金银首饰洗劫一空。那一年打工回来的儿子得到消息，差点喝农药自杀。一家人闹得死去活来。那些钱，是他辛辛苦苦存了五年准备娶媳妇的所有积攒。

从此大小新奇事，不熟悉的异乡人，成为整座村子里小心提防的恐惧之物。随之而来的还有空穴来风的迷信。

花枝那一年待字闺中，作为家里最小的妹妹，她的两个姐姐都已早早出阁，按理说，以她的年纪和样貌根本不必为此发愁。与她一墙之隔的二叔家的二哥就对她格外上心。不过她打小体弱，母亲和哥哥姐姐们都极为呵护，并没有着急将她随意打发出去。

有一天一个算命先生走街串邻推销生意。花枝母亲第一个凑上前去，她把先生好生请到家中，简单描述了家中情景。母亲最终想要卜卦的是小女儿的前程。前面两个女儿已经定型，她想知道能否从小女儿身上捞到什么福分。算命先生按照给出的生辰八字走了一卦，一股阴冷之气穿过他的脊背，他当即给出了一个骇人的判决。按照卦上所示，花枝是观音童子命。花枝母亲双膝一软，顿时吓得脸色苍白。她早就觉得这体弱的身子有蹊跷，但不至于如此糟糕。不着急，既然卜出来了卦，就自然有破解的招数。"你家女儿必须要在婚姻上谨慎再谨慎，只需找到一个生辰八字相吻合的人，她的夫君也许可以帮助她渡过难关。"算命先生给她支了招。接下来花枝母亲不敢怠慢，对先生的话言听计从。花枝就这么嫁给了算命先生的儿子。

村子里从未有过这么简单纯朴的婚礼，花枝甚至都没有梳妆打扮。按照规定的时辰，天还没亮，就被人盖上盖头，背进了一辆白色的轿车。没有迎接的队伍，更没有随行的嫁妆。那天二哥听到了隔壁的响动，他爬起来跟着那辆白色的车后面追了好久。他不敢喊出她的名字。花枝母亲说那一天很关键，任何人不能出席，更不能出任何乱子，否则花枝就会被观音带走，她的肉身必定香消玉殒。二哥只能惆怅地站在村口，对着那个远去的心爱的姑娘，没有眼泪也没有一句言语。

寂静无声

哑巴爹爹是一家之中最无关紧要的人。他小时候患过小儿麻痹症，因此一条腿的脚踝至今内拐；语言功能丧失，只能从喉咙间发出哇哇哇的几声叫喊，像闷声的蛤蟆。而我，就是从那几句沉闷但歇斯底里的呼喊中得到保护的。

据母亲的回忆，他常把我架在脖子上扛着，拽着我的小手，喜气洋洋地满庄子转悠。嘴里流着哈喇子，逢人就眯起眼笑，眼睛里像多开了一扇窗，亮堂堂的，走到哪里都是一脸的炫耀，仿佛我才是他女儿似的。我憋急了，按着哑巴爹爹的头尿了出去，他明显感觉到一股热流顺着脖子往下淌，手一摸便知道是我作怪，"啊啊啊"地叫着，又懊恼又欢喜地笑了，歪着脖子故意将肩膀抖了抖，晃动我，以示对我的惩罚。

当然哑巴爹爹是不会有孩子的，在中国的任何一处村庄都随处可见一两个这样的人，自他们投胎落地，就注定是一群最不起眼的蚂蚁，同时也被相对应地剥夺了婚姻的主权，他们只有被选择的份儿，然而但凡明智的人，谁会去选一个哑巴或傻子呢？

祖母在的时候，哑巴爹爹充当她的侍卫。跟父亲针锋相对，对母亲也没有好脸色。祖母和父亲不在以后，哑巴爹爹失去庇护和与人对抗的乐趣，显得更为孤单，甚至更不起眼了。不过在我眼里，不论世易时移，他都未曾改变过。

他那件蓝色中山装外套穿了很多年，一年四季都套在身上，似乎是他最喜欢的一件衣服。衣服的领口处布满污渍，黑黢黢的，穿在他身上更像是一件特别的款式。我常常嫌弃他不讲卫生，他喜欢吃雨后的蜗牛，凡是可以用手吃的食物坚决不用筷子，他的手粗糙皲裂，手掌心有无数细小的黑色掌纹和汗渍攀爬。因此当他满怀欣喜地向我展示他一下午的劳动成果的时候，我一巴掌打在他的手上，那一掬红溜溜的酸枣被打翻在地。他不明所以，又伸出背后的另一只手，展露出一枝荆棘，小巧的叶片之下，藏满了无数饱满诱人的红果实。

我咽了咽口水，欣然接受了他的"进贡"。

他勤劳踏实，祖母一刻不停地指使他做东做西，他硬着头只管干。祖母训斥他做得不对，他垂着头，身体僵硬，眼球来回滚动，无辜得像个小孩，有时也闹两句脾气，哇哇两声对着吵。我命令他，他则永远咧开嘴，笑嘻嘻的，流着哈喇子，故意拖延时间放缓动作，装作听不懂或者等惹我生气后再悄无声息地照做了讨我欢喜。

然而有一群暗中观察的小伙伴，他们时常把哑巴爹爹当作取乐的对象，仿佛他走到哪里，做些什么都能成为笑话。但也不乏赞许他的人。比如，称赞他可以拐着腿爬上树，摘辛夷，够柿子，爬上梯子搭建树屋。他可以去别人想不到的地方，深入山林，摘取一大袋颗粒硕大的栗子。我从来不缺零嘴的骄傲就完全归功于他。春天有桑葚、野樱桃，夏天有山杏、西瓜，秋天的毛桃、八月炸、野生猕猴桃，冬天有霜冻的柿子和埋进沙里储藏的栗子、花生、芋头等。

自从被那群小伙伴嘲笑以后，我总想躲他远远的。再有讥讽取笑的话砸向我，我也有理由甚至找到证据为自己辩解道："他不属于我家的人，我家跟他家是分开过的。随便你们说去，又不碍着我什么事。""噢——"小伙伴们意味深长地相视一笑，那眼神刺穿了我的谎言，也加深了我与哑巴爹爹之间的距离。我甚至再也不想搭理他了，他送来的每一样"山珍海味"我都不为所动了。

于是有一段时间，我在心里为哑巴爹爹设计了一件"隐形衣"以代替他的中山装，他依旧在我身边晃悠，而我视而不见。我与小伙伴们整日厮混在一起，干了一些现在想来都不寒而栗的蠢事。也许正是因为儿童的幼小，更喜欢捉弄一些无辜的生命来显示自己的强大。比如从一朵娇艳的花朵下面挖出山丹丹的种子；搬开石头找蝎子；把一条蛇逼进洞穴，拖住它的尾巴将它拦腰斩断；踩死蚯蚓、万足虫；捕捉蝴蝶、蜻蜓、蝉和七星瓢虫；捏死蚂蚁；解剖洋辣子的尸体等。至于一些野菜和可食用的花苞、花蕾等，更是惨遭毒手，被我们反复踩踏和摧残。

少年无知的恶，像扩散的癌细胞，在遥远的山村间肆意传播。

植物、动物这些弱小的生命容易让人催生厌烦，卑劣的儿童更喜欢新鲜刺激和更具挑战的行为。

几天后，他们的决策出来了，我没有参与这次行动的设想，但我参与了这次行动，因为他们最终决定挑战的那个对象就是我。

先是几个男生想方设法在课堂上欺负我，不过被我祖母轮番去各家教育了一番，A计划宣告失败。然后没过多久，他们又在放学路上拦住我，问了一些刁钻刻薄的问题。我孤立无援，急得直哭，那件中山装突然跳了出来——哑巴爹爹远远地厉声哇哇大叫，急急忙忙一瘸一拐奔过来，举着巴掌，喉咙间破损的音节喝退了那帮毛头小子。他们惊惧地连连后退，有的吓得干脆蹲在地上不能动弹。B计划宣告流产。

我就此知道了哑巴爹爹的用处和他的厉害。再一次有人拿出盛气凌人的腔调震慑我，我则搬出哑巴爹爹来吓唬他，"我爹爹他很凶残的，上次我父亲的一条腿都被打折了呢。你敢欺负我试试？"那人无趣地蔫了，我则得意极了。哑巴爹爹无疑是我的一张好牌。

C计划的实施，是在一个没有星星的夜里。由一个高年级的男同学出面，用他新奇的玩具诱惑我，约我在指定的时间外出与他一起玩游戏。这完全是个骗局！他先是装作耍酷的模样，手揣在裤兜里，人偷偷倚在墙角，一等我靠近，他就猝不及防地出现，像头拦路虎似的用他高大的身躯挡住我的去路，恐吓、威胁我就范。

我拒绝服从，他们就从暗处群蛇出洞，将我死死围住；而当我答应了对方的要求，他们就以此作为要挟，把我的怯懦钉在耻辱柱上。

祖母常常嘱咐我，"女孩子走夜路要当心""出门一定不要逗留太晚"。她告诉过我，走夜路时如果心里感到恐惧，就抬头看看天上的月亮——"月亮走，我也走，我给月亮牵牲口"，有月亮陪着，至少不会再害怕了。

那晚有月亮吗？后来冲上来分享胜利果实的男孩子们有对我继续

嘲弄吗？

　　他们狰狞的笑声，身上刺鼻的气味，又或是我的身体遭受到的电击般的毒打……伴随着身体各个感官失灵，我对那晚的事由彻底失忆，逐渐变成永远不想再提起了。

　　我跟跟跄跄的，很晚才回到家。兜里是他们留给我的琉璃球、扑克牌、元宝船和一副象棋——那是他们所有的玩具。我知道他们留给我这些东西的含义，从今往后，我拥有了全部玩具，却再也不会有人来与我一道玩耍了。

　　哑巴爹爹倒是对我的新玩意儿们十分感兴趣，他装模作样地摆弄那副扑克牌，把单薄的纸片码放整齐捏在手里，在一张铺在院子里的凉席上，他凑近我，想要抽出一张牌对我发起进攻。我不知道哪里来的怒气，把他的牌一把夺过来，狠狠摔在了地上，再把剩下几张凌乱的纸牌撕碎了，散落到风里。那张被暂时充当牌桌的凉席也被我卷了起来，胡乱地用脚踢着。哑巴爹爹不解地看着我，脸上的表情凝固了——他显得手足无措。

　　小山村里太寂静了，日出日落没有声音，花开了也没人观赏。果实一年四季悬在枝头挂着，晚霞渲染人间，彩虹从未出现过。轻声细语都被听见，摇旗呐喊声则无人问津。沁凉的夜晚，萤火虫把这片土地当作可藏身的乐园，旁若无人地四处飞舞。蚊虫肆虐，疯狂地舐舐新鲜的血液。在这里，人不过是受伤的植物，要依靠周围的环境和自身的能力得到修复。人的情绪也被隐藏在时光的褶皱里,只要积压的时间够久,就会被新增长的情绪所占据。心脏是有限的储存空间,而不断地清洗淤积的痛苦,才会变得更加洁净康健。因此那些老人擅长传授一些经验,某某人看起来幸福美满,并非他们掌握了快乐的秘诀,而是他们善于遗忘痛苦。或者干脆忙起来,被新的痛苦所覆盖,等你不得不负重前行,你就必然会忘却之前不堪的羁绊。

那些老人还会捋着胡须语重心长地说,人生就像一杯茶,不会苦一辈子,只会苦一阵子。看开点,熬过去,就行了。

他们聚众蹲在村头阳光盛开的地方,拿旧社会和新时代的生活水准做比较,从而劝导那些想不开的年轻人。从一些茅塞顿开的人身上,我隐隐约约地感觉到,长者在某种程度上扮演着智者的角色,他们是智慧的先人,在他们那里,没有解不开的难题。

参与C计划的所有人都对那晚的事三缄其口,这让我喘不过气。那晚的阴谋仿佛是颗不定时炸弹,自那以后,我总感觉背后有十几双锋芒刺穿我,而我的任何举动都将是他们的把柄。

也许先发制人,表明事实真相,将藏着掖着的委屈以及秘密宣告他人,我才能正视我自己。

于是有一天,我鼓足勇气试图靠过去,准备对那些擅长劝诫的老人一吐为快。可待我走近他们,其中一人将旱烟袋拿在地上磕了磕,故意放大了音量朝走来的我说:"掰着指头数一数,宋家往上三辈人,也不及这个抱来的娃有福相,偏偏学习成绩还好。你说这是不是造化弄人,天意有所指?"我不由得止住了脚步,面红耳赤,羞愧难当。

原来他们的存在并非总是劝诫别人，也时常一语道破天机，仿若一个可以宣示未来的先知。关于我，除了这些溢美之词，他们往往还会加上一句："偏苦了这孩子，活在那样的家庭里，哑巴的哑巴聋子的聋子，还有一个疯子和一个蛮子。这可能就是'天将降大任于是人也'吧。"感慨完毕旱烟袋又被送回到嘴里。

我听得似懂非懂，被夸奖的感觉还没维持多久，哑巴爹爹就来搅局了。他被人揪着一路走到这里，得到消息的人说他动手打了一个孩子，还打得直流鼻血，现在孩子的家长正在我家理论，说要索赔。那些老人听罢连连摇头叹息，我站在那里，低头不语，仿佛看到了他们对我的失望。

我带着一股酸楚和恨意回到家里，打算好好数落一顿哑巴爹爹。可我看到了那个孩子——那哪里是个孩子，分明是那个高年级的男生，他捂着鼻子，一脸凄惨相地被家长抓着，那动作分明是想要逃跑和闪躲。揪住他的也不是家长，而是他的叔叔，同样的一个傻子，并且是与哑巴爹爹势均力敌的打架能手。酷暑的午后，我一碰到那个高年级男生的眼神，顷刻有股寒意，他也做贼心虚地不断闪躲。哑巴爹爹手里拿着那些我曾经获得的玩意儿们朝他们大声叫嚷。他那个傻子叔叔是可以说话的，他大致讲了一下事情的经过。他来我家串门，无意间朝我家窗台上瞥了一眼，便一口咬定那些玩意儿是哑巴爹爹从他侄子那里偷来的。而哑巴爹爹一直以为那是我的玩具，于是两人各执一词，张牙舞爪了半天，起了争执。傻子叔叔只好找来侄子求得真相，他硬着头皮承认说那是他的。但他没想到，哑巴爹爹根本不听他理论，一拳打在他的鼻子上，算是对他信口雌黄的教育。傻子叔叔不依，抡起手想要打回去，却莫名地被自己的侄子拦住了。他们最终解决的方法是冲到我家里理论。

祖母揪着哑巴爹爹的耳朵就打，骂他是不争气的家伙，一天到晚就知道出去惹事。我自知其中原委，但奈何一句话不能说，冲过去拦住祖母的同时，直直地盯向那个自知理亏的谎话精。他一慌张手一松，鼻子里的血流泻，我看到那血，"哇"的一声转脸吐了出来。祖母慌了神，哐哐哐地捶打我的背，惊恐万分地叫我的魂魄。

这场闹剧戛然而止。

过后，我努力用手势给哑巴爹爹做解释，我说这些都是人家的东西，不是我的，我也没有偷他的，是他给我的。但他是个坏人，是打架时把我压在下面的人。哑巴爹爹似乎听懂了，他轻声哇哇两句，以此宣泄他的不甘和不爽。他很认真地听我说完，凶神恶煞的样子没有松懈，双手不自觉地紧紧攥起了拳头，我知道他还想继续为我报仇。我走过去慢慢掰开他的手，松开他一根根的手指，想了想，努力比画着告诉他——我没事，等我长高了，我就可以打败那个人了。哑巴爹爹愣愣的，眼神也暗暗的。我又比画了一次，他信了，跟着我点点头，咧着嘴又流起了哈喇子。

而我却不知为何，满眼噙泪。

再后来，哑巴爹爹又与那个傻子叔叔干过几次架，起因都是一些鸡毛蒜皮的小事。只要不出人命，村子里对这种打架斗殴事件习以为常，况且是一个傻子跟一个哑巴纠缠，路过的人也只当看了场热闹，再当作谈资四处大张旗鼓地宣扬。

　　傻子叔叔一家住在山岭上，山下过了河便是我家。也不知道哪里来的勇气，不管他与我哑巴爹爹干过多少次架，他依然能够做到若无其事地跑来我们家串门。哑巴爹爹每每见了总不给他好脸色。他总说是哑巴记仇，我觉得不是哑巴爹爹的问题，因为整个村庄的人似乎都不待见他。

　　我家有一口古井，听父亲说是太太太爷爷时候留下的，至今井水汨汨，源远流长。我们一家乃至要好的几家乡邻都蒙恩于它的滋养。因为泉水兴旺，井旁的一个水坑也格外幽深宽阔。燥热的夏，人们解决洗澡的方式简单粗暴，就是直接脱光了衣服跳进河里一阵扑腾。先有男的穿着短裤不分时候想洗就洗，女的就得趁着午睡或者晚饭时候悄悄地约人同往，同时还得有人把风。我往往就被指派为把风的人选。

　　但我也渴望那一汪清凉和一身清爽。

　　母亲爱干净，洗澡要花去她很多时间，她似乎把洗澡这件事当作繁忙农务中唯一休闲享乐的事，她也只有把身体完全浸泡在河水里的时候才会笑得格外爽朗。同村的几个妇女把母亲当作一个非常合格的澡友，她总是帮人搓背，很仔细地由上而下，由下而上，因为长时间劳作，手法也地道，有力。甚至有人开玩笑说蛮子完全可以去开澡堂子啦。母亲乐在其中，在一片恭维之词中伺候完她们几个，再转身把我拖进水中，给我搓背。我对妇女们松松垮垮的身体没有兴趣，但有一些人，并不会这么想。

那个傻子叔叔就是始作俑者，毫无疑问，他比妇女们都还要熟悉她们常活动的区域和她们的作息规律。特别是在那个我懵懵懂懂的夏季里，傻子叔叔就像个苍蝇一样被全村人唾弃，关于他下流的做法甚嚣尘上：他偷看洗澡的女人们；他偷偷闯进别人家里；他带领其他傻子聚众观看有色录像。他霸道，凶残，懒惰，谎话连篇。他造谣说某某人刚刚死在外面了，正当大家唏嘘不已时，隔天就看到人家活蹦乱跳地出现在众人面前。

久而久之，大家逐渐对他的丑陋习性了如指掌，但始终没有人站出来揭发他。就像我一样，胆小懦弱地活着，大家都这么蝇营狗苟地活着。

整座小山村弥漫着一股古朴迂腐的陈旧之气，同时笼罩着的还有一层淡淡的恐惧。去我家井旁那个水坑里洗澡的人越来越少了。妇女们需要不断开发更加秘幽的澡堂子，各家各户休息时候的大门更加幽闭、深锁。只要听到傻子走近的声音，全村人都迅速进入了警戒状态。

哑巴爹爹也感受到了这种变化，他虽然是不会与傻子叔叔那种人沆瀣一气行各种龌龊之事，但他毕竟也是个有生理冲动的正常男性。

他去偷看女人洗澡被我逮了个正着。

起初发现他的人不是我，是身体已经没在水坑里突然被呛了一口水后再来一声尖叫的一个妇女，她突然指着入河口的小路，愤恨地骂道："该死的！那个哑巴在偷看！大家赶快躲起来！"

母亲不在意，安慰她道："没事，不是那个傻子，你怕什么！"

"一样都是个傻子，谁知道他们会干出什么事？"

我看清那个探头探脑的人，的确是哑巴爹爹。

"叫你把风，你把的什么风，把自家的傻子招来了！"那个女的冲我责备道。

我去驱赶哑巴爹爹，他对我的靠近毫不理会，也丝毫没有意识到自己所处的位置是个错误。我叫他转过脸去，他没听明白我的意思。我转过他的肩膀，发现他根本不想动，仍踮着脚，一脸期待地朝里张望着。不过我没有对他发脾气，因为我从他细微的表情里发现他没有想象的那么污浊不堪。他只是站着，残疾的那条腿弯着，整个身体并不平衡，但他努力维持自己处于一个庄重的姿态。像在欣赏一幅油画，一篇佳作，一道美丽的风景。他眼神沉醉，嘴角微微翘起，专注地观察那静态转为动态间的一颦一笑。他把女人的身体供奉到神殿的位置，是一种顶礼膜拜的敬仰。我从他的小心翼翼怕触动又怕惊扰的疑虑中得出结论：他没有恶意，并且他是带着尊重和单纯的爱意。我甚至不忍去打断他的专注。

祖母和父亲相继去世，哑巴爹爹可活动的区域也越来越受限。

那时候我已经念中学，听说他先是被送到堂哥家寄养。哑巴爹爹起初以为自己只需要过去蹭饭就可以，但堂哥家隔三岔五外出，总丢他一个人弃之不顾，他当然不乐意，自己又跑回火灾后烟熏火燎的厨房里开灶做半生不熟的饭。表哥们看不过去，连夜上山将他带回了自己家里。

哑巴爹爹在表哥家度过了一年左右的时光，确定要安顿下来的那一天，听说他还特意上山收拾家当，背走了一大袋子破铜烂铁。表哥家的光景不错,他吃得好睡得好,也愿意为这份丰厚的待遇付出体力回报。不过好景不长,表嫂子看管店铺太忙,又总是嫌弃他的频繁进出影响客源,三番五次跟表哥抱怨。哑巴爹爹寄人篱下,几经颠沛,最终被送往当地敬老院。

那座敬老院就坐落在我中学学校的旁边,那时我已经对里面的生存状况有所耳闻。听说里面都是孤寡老人,一到夜晚,里面就传来鬼哭狼嚎声。我去看他的时候,敬老院的蓝色铁栅栏门紧锁,喊了半天无人应,那些传闻占据心头,我强力忍住,不让自己掉下泪来。

如何去想象他在里面的日子,曾经他是那么热爱奔波、劳动的人,如今他要被囚禁于此,失去活动的自由。他那么爱串门,各家各户都通晓他的个性,也被他治愈的笑容感染过。更小的孩子大都受过他的小恩小惠,从他的手里接过大把小把的零食。他一生意气用事,明事理,有善心有血性。

他那么寂静,对痛从不发出声音。

等待见到他的时间越长,我越绝望。脑海里有个念头怂恿我逃跑。

门"吱"的一声打开了,出来一个护理员阿姨,她问我找谁,问我是他的谁,然后登记,去打发人传递消息。我迫不及待地跟了去,在大门口的第二个房间,原本是值班室的位置,我看到了许久未见的他。他正在把玩新发的搪瓷杯,见我推门,眼睛一亮,趔趄着站起身来,嘴里"啊啊啊"地叫着,哈喇子又流出来了。我迎上去将手上的礼物递交给他,认真观察他的脸色,身上的衣着,还有他身后的窗和这屋子里的环境。

他显然是开心的,来不及将我介绍给他的邻居们,他索性拉着我走到院子里,再次"啊啊啊"地叫着呼唤众人来展示他的欢喜。

一位颤颤巍巍的老人上前来问:"你是他什么人?他闺女吗?"

"差不多,我是他侄女。"

"你放心,他在这里很好,他的外甥们总是来看他,时常给他送饭改善伙食。"

我被他展示完一圈,又被拉回了屋子里。他打开他的衣柜,一件件地抖落他的物品,一一给我看过他的棉衣棉被、拖鞋、脸盆、帽子等。他身上还套着那件洗得泛白的中山装,脚上还是那双舍不得丢的、缝了又缝的解放军鞋。他看起来干净许多,手上也没了污渍。

陪着他坐了一会儿,兴奋劲儿过后,他的神情幽暗下来,整个人怏怏的,略显颓废。我的到来可能使他联想到了什么,他拍打着胸口,露出痛苦的表情。我知道这个举动在向我传递什么,我把了把自己的脉,比画着告诉他,别担心,我会转告小叔叔来看望他的。他轻轻地点头,迷惘地看向外面。他又问我短头发的女人在哪里,我知道他问的是我的母亲,我告诉他,她有了自己的家,他若想去看的话,我带他一起过去。他不置可否,留出短暂的沉默间隙。我一时不知道该说些什么了。

护理员阿姨过来与我交谈:"他的个性太强了,国家发了那么多衣服,他都舍不得上身,一定要穿他自己的。你看他的衣服领口袖口都破损了,那鞋子丢给收破烂的都没人要,他却当个宝贝。你再看他的衣柜,层层叠叠都堆满了,也不怕发霉了。"

我心里笑着，我当然知道这个习惯是从谁那里效仿而来的。

小叔叔过来诊断说他可能是胃疼，开了药，连续打了几次点滴，几个表哥轮流在床前照应他，偏他性格倔强，只喜欢那个给他好吃好喝还能哄他干活的二表哥，对另外两个表哥的态度十分冷淡，仿佛是与他没有关系的外人，再怎么悉心照料他他都毫不领情。人是感情动物，是懂得趋利避害的。

一个稀松平常的日子，突然接到小叔叔的电话，他告诉我爹爹这种情况有胃癌的风险，我因此着急地赶了回来。我决定每天中午给他煲汤，悉心照顾他的饮食。连续一周，早起去菜市场买菜，早早把汤煲上，然后中午乘车去给他送饭，看他吃完，我再收拾好返回家里。也许看出了我的良苦用心，他恢复得格外快，没过几天神采焕发，偶尔也会因为我的迟到斥责我两句，吃到可口的食物就亮出他的碗来对他人炫耀。

我陪着他，安静地看着他吃饭，这么多年过去了，我都没有认真观察过他的饮食习惯。手不太会使用筷子，随便往嘴里扒着，先是捡他不喜欢吃的，一粒粒的薏米、花生，然后是红萝卜、海带，最后才吃莲藕和排骨。等这些固态的食物挑选完毕，再把早已经放凉的汤汤水水一饮而尽。我几次想要纠正他先喝汤才对身体好，他都不听，执意要遵循自己的方式，倔强得像头驴，还故意看我生气又对他无可奈何的样子。他有了精神头就开始耍赖，反正我怎么说他，他都只是痴痴地笑，装疯卖傻。

他需要一块手表装排面,需要针线、香皂、洗衣粉、牙膏牙刷打发时间,需要跟人斗智斗勇,从我众多水果和牛奶的礼品中获得一块饼干。我多么希望他有一天可以抛弃这些物质的念想,直截了当地大声告诉我:"你带我离开这里吧!"

为此我尝试着带他回到母亲那里,继父对他很客气,毕竟是我家唯一来他家走动的亲戚,他欢天喜地张罗着如何给他做好吃的以及如何安置他的床铺。哑巴爹爹则表现出拘谨,站也不是,坐也不是,冲母亲打两声招呼又兀自习惯性地靠在门框上。吃饭的时候我给他准备好碗筷,他比画着不上桌了,就把菜夹过去,他要到一旁去吃。这样的矜持让我看得心疼,可我只能依了他愿。

他爱吃鱼,我还特意买了两条活鱼,准备第二天早上给他做水煮鱼片,哪想到他当天晚上趁我们熟睡之际开了门溜了出去。我醒来发现他不在了,第一反应就是打电话给表哥们求助,没想到他们淡定地说:"没关系,他自己能找到回去的路。"果然,快早饭的时候,护理员阿姨打来电话说还没上班就听见他在叩门了。

"虽说他一个哑巴,灵得很,不管走多远,都能依仗一双腿再自己走回来。"表哥还说,"有一年他自己跑去镇上物资交流会,天黑了他没有跟回来。所有人都以为他会走丢,一家人打发众老小出去寻找,结果他竟是晚餐时候走到了刚刚搬家到镇上的菊花姨家。吃完饭菊花姨想要挽留他,他摇摇头比画着要回去了,当时他肩上扛着两根粗壮的甘蔗,问那是什么,他笑了笑,又比画着说那是给那么高的孩子捎带的,他要赶回去带给她。菊花姨跟他开玩笑说你给我留下来一根吧,他顿时一脸严肃，护着甘蔗，不让她碰。那天晚上，一直蹲守到大半夜听到大门外的响动，开门一看是他回来了，这才松了一口气，第二天向全家报告他平安归来的好消息。"

我想象着他一瘸一拐地背着甘蔗，走在漆黑的夜里，心里想的却是他最亲爱的侄女。

我知道了，我和母亲依然是他的亲人，可他已经把敬老院当作了自己的家，那是他的归属，我不应当将自己的想法强加于他。以前，他与我们生活在一起，我们的家是他的家，现在我们分开了，我们是他的亲人，但我们的家不再是他的家。作为他的亲人，应该遵从他的意愿，保障他的健康和安全，但永远无法决定他的生活，因为要如何打理自己，是他自己决断的。在他的眼里，圆满的形式也未必是一家人得到团聚，而是我们各自安好，又彼此挂念。我同时又倍感欣慰地知道，他其实并不需要亲人的陪伴，他有一颗强大的适应社会环境的心，这颗心使他不管走到哪里，都能独立顽强地存活下来。

现在只有过节，我才可以带着他去走亲戚。但凡出门，他就像个好奇的宝宝赖在超市里不走，他负责拿他喜欢的东西，一件件地只管拿了塞进衣兜便走。小叔叔比画着手势戏弄他："你要买这么多东西，你有钱吗？钱从哪里来？"他毫不犹豫地指了指我，略显懊恼地冲他"哇哇"两句，那意思就是说："我有买单的，你管得着吗？"那笃定的手势和着急的语气惹得众人大笑，他也明白过来原来是拿他取笑，便跟着一起傻乐呵。我心中了然，此时他对我有依赖，我们是他永远的底气。

转眼他已经在敬老院里生活十三年了,村子里的人越来越少,被送往这里的人越来越多。我发现那个傻子叔叔也在其中,听护理员说他表现很差,总在里面打人,我担心他与哑巴爹爹起冲突,他已不似从前那么雄壮魁梧,真打起来免不了吃亏。不过没多久他就被遣送回家了,敬老院响应国家号召,大力提高老人生活标准,并整顿邪风邪气,他首当其冲被整治。最后一次看到他,是他隔着养老院的大门向我哭诉他的遭遇,吹嘘他如何勤勉务实,如何遭到家人一系列背叛,如今的境遇又是如何艰难,等等。我翻了翻背包,将里面仅有的20元现金塞给了他,他二话没说伸手接住了。

哑巴爹爹的生活又恢复寂静了。我也变得越来越少言,沉默着,继续昂首往前。我想像他一样,不管走多远,头顶的星光多么暗淡,我都能找到那条回家的小路。

漫长的归乡

1. 父亲的乔迁

　　父亲在荒草丛生的祖宅旁沉睡了十六年，十六年来，对他的思念像流水，一刻都没有停止过。对一个人的思念足够浓烈，他必定会出现在你的每一个梦里。我梦见小时候，父亲一脸严肃地训斥我。那次我考试成绩下滑，他当着祖母的面没能施展出作为父亲的威严，终于在我的梦里，成功地占据上风，实现了他的话语权。漫漫人生路，除他之外，再没有任何一个成年男子，出现在我的生命里，当面指责我的过失，声色俱厉地教育我，督促我努力精进。

　　那是上天赋予"父亲"这个名词伟大的含义以及只有他才可以行使的权力。

　　父亲当年遽然离世，没有来得及寻找合适的葬身之处，亲戚们合计着干脆挖一个坑，仓促地将他埋进了我们家的院子里。我很感谢他在我们无人守候的家园里，独自承担困苦，风餐露宿，守候着这一方净土。纵然家人四散，无人照顾，他也总占据着那个位置，让我们在逢年过节回来看见他的同时，也能望一眼破败颓废、潦倒芜杂的家园。我很感谢父亲，生前出现在我生命里，抚养我成人，为我遮风避雨！去世后出现在我梦里,让我明确自己始终是一个家庭健全、心智健康的孩子。对于他除了千恩万谢,令我不安的还有一份不可饶恕的罪责和深埋于心的愧疚。

那一年冬天父亲咳嗽得厉害,他似乎也能预感到什么,对我和母亲的态度也不似往日亲近,有事没事总摆出一副教育人的姿态,拿出他家长的威风对我们颐指气使,无端指责。有时没来由地大发雷霆,站在冷风里一边骂一边咳嗽,寒冬腊月,他的脚上踢踏的是我暑期打工买给他的那双凉拖鞋。我看着他一夜白头、苍老憔悴的面容,别过头去,不敢反抗,眼里布满心疼。十三四岁是大姑娘了,我的确不应当再从年迈的老父亲身上一味地索取,我也许真的应该辍学,找个不错的人家把自己嫁了,换得他的健康体魄和余生安宁。

然而方圆十里真的有人上门说亲,父亲反倒一口拒绝,嘴里喃喃道:"我家娃娃儿还是要多读些书,我就要不行了,半截身体埋进土里的人了,不值得她为此搭上自己的幸福。"他的身体被疾病折磨,头脑一半昏聩得叫人发狂,一半清醒得令人心疼。

病魔与他缠斗越久,我就越害怕他会像祖母一样活成"老糊涂"。他自己忍受痛苦的磨难倒也罢,如果因此将无辜的母亲也拖入黑暗,与他一起坠落,不管他清醒与否,我都会记恨他的。甚至我会希望我一顿牢骚能让他稍加安静,不再平白无故地乱发脾气,乱折腾。可到最后,他连我可以记恨他的借口都不留给我,让我浓烈又失散的爱转换成遗憾,再也无法与他诉说与发泄。但他休想再抹去我的记忆。

大年二十八我贴对联,他站在堂屋高高的台阶上指挥,揣着袖子匕斜着眼，指着我开口责骂："死妮子，你怎么能把对联贴反了？！"我并不在乎手里对联的对错，他失控的情绪令手指头冻僵的我委实不爽，我索性丢了糨糊刷子从高凳子上跳下来。"我不干了，你要是觉得自己更有文化你自己来贴！"我赌气冲他喊道。将要过年了，我们一家三口之间弥漫着硝烟和寒气。

这是一句杀伤性极强的话，我怎么能够口不择言地对待一位风霜老人，他是我的父亲，我又以一副读书人的口吻来戳伤他的痛点。父亲曾经多么渴望读书成才啊，无奈他是家中长子，必须将机会留给最小的弟弟。这也是他一生的遗憾。我又回想起他兴致所起，常常央求放学回来的我教他识字的场景。那个求知若渴的父亲，临终前竟是被娇生惯养的女儿一针扎到了心上。

正因为如此，那一副对联最终以我的想法贴于门框和门楣之上。那的确是一个不祥之兆。

父亲下葬的那一天，堂兄站在我家院子里思忖片刻，转脸惊恐地指着那副对联厉色道："这对联是谁贴的？大过年的贴反了对联是大不吉利！如此粗心大意，怪不得叔会走得这么急！"那暴怒的语气分明是冲向我的，众人心知肚明皆不敢言。阴霾之下，一片悲伤和哀号声中，我垂首而立，恨不得将自己的头撞上去，以死谢罪。

是我的鲁莽害死了父亲。

然后他又被随手一指随意安置在此，沦为一座荒冢，与他倾倒的房屋家产等一起相伴，沉默于脚下荒蛮冰冷的土地，逐渐被人淡忘和遗弃。我又有何颜面对他，更没有勇气正视自己当年的愚蠢和错误。

父亲生病的那几年都由母亲照顾他,我回来的次数越来越稀疏,家里的光景越来越惨淡,一家人可供交流的语言也越加贫乏以及失去互动的趣味。现在回想起来是我的疏忽大意,冷漠无情,才丧失了与父亲共度患难的最后时光。

母亲回忆说,那些年,他一次次站在村口,迷蒙的眼神里饱含希冀,期待我放学归来,投身给他一个温暖的怀抱。一次次他疼痛难忍,在夜里呼喊着我的名字,说自己即将离去,只希望撑到天亮再看女儿最后一眼。一次次他用那双被岁月打磨过的手揉着刚做完白内障手术的眼睛,大敞开门,对着夜色和月光,跪在地上痴痴地祈愿:"我不中用了,瞎就瞎了,就这样死了算了。老天爷赶紧将我收走吧,可别拖累我的娃娃儿,她是个孝顺闺女!"

这些都是父亲过世后母亲告诉我的,我一遍遍追问父亲还有什么遗言,母亲语焉不详,似乎不愿再回想那个悲恸的瞬间。

他终了也没有对我留下一句话,是不再寄希望于我了吧。

清明节后我再次回到村里,被人口口相传,传得神乎其神,看宅有方的阴阳先生被我从南阳请来了,我与栓柱叔陪同他去看祖宅和父亲的坟地,他先是大致指定了房子将来的方向,接下来便是料理父亲的去处。

我带他去了一块距离我家最近的弯道沙地,半山腰的石崖逐步演变成梯田,那里栽种着一片夏梨林,是祖父生前的杰作。父亲常常溜去那里转悠,围着那些树木东看西看。如今那里并没有梨树,一直晾着,荒在那里，山石之间，土地疯了似的独自完成发育。我想象过这里也会蔓延成一片坟地。先生则摇摇头，询问我是否还有别处可供挑选。栓柱叔带他翻过一道岭直奔到一块平整肥沃的土地，他特意强调说那是父亲生前最喜欢的一块自留地，曾经有人拿更为肥沃的一块土地与之交换，他不愿意，就想着有朝一日，为自己的百年之事做打算。我有些难过，我竟然对他的夙愿毫不知情，看来父亲生前有太多心里话都不再愿意说给我听。先生走到地的正中央，蹲下来，望了望远方，指了指脚下的位置："就这里，就这个地方，非常合适！就是这里没错了！！"他显得有点激动，语无伦次，语气里甚至还悬着一丝责怪，怪我当初没有主动贡献出这块风水宝地。冥冥之中，正合他意，正中父亲下怀。我当下叫来村里执事的哥哥，带了两个楔子和红线过来定住方向。紧接着就确定好了日期，随即打电话第一时间通知小叔叔我要帮父亲迁坟的具体时间和相关事宜。

小叔叔在电话里先是抱怨。事已至此，只得询问我现在一切有无准备，是否来得及，手头什么都没有，这么紧就要迁坟，能否一切周全，等等。我叫他放心，需要的东西我会准备妥当，他只需要负责通知我的几位表哥和他认为有必要到场的几位近亲即可。他无奈作罢，我知道他和其他人一样既慌乱又震惊，绝对没有料到我说做就做，打定了主意要为父亲迁坟，说和做之间仅仅耗时一周。而我一个女孩子家独自担当这件大事，这是整座村子里史无前例的。

给父亲迁坟的事就这么说定了，栓柱叔家恰好有几块旧的木板还可以利用。村子里的清贵叔是扎匣子的老师傅，父亲生前就与这位叔叔的关系要好，我想本着他的想法，也是不愿意我铺张浪费，所有一切置办都是拿金钱速效换来的吧。他生前也是位木匠，到头来没能为自己打造一副棺木，说来也是讽刺。

　　我去请了清贵叔，讲明我的想法，承诺他认为合理的工钱，迅速催促他开工，之后火速赶往山下，买了迁坟所需的其他物件。两天后就是先生所说的"好"了。前一天傍晚我去给父亲送纸钱，跪地磕头，请他收拾好家当，告诉他马上要搬新家了，许了许愿，在父亲的坟头坐了一会儿，放了一挂鞭，默想了半天。我对着父亲说了很多这些年藏于心间的话，像小时候汇报我的学习一样汇报完我的工作，这必然是报喜不报忧，不过父亲明慧，九泉之下有知，我又怎么能瞒得过他呢。父亲沉默不语，风代替他的手轻抚过我的脸颊，树叶呢喃，回应我的话语。我知道他其实什么都听见了。他现在不聋了，不瞎了，不需要在另外一个世界起早贪黑，宵衣旰食，他只需要放松休息，过自由散淡的日子。大自然为他伴奏，他可以随意谱写悠长的生命乐章。

　　这是一项郑重的大事，我不想父亲的乔迁之喜有半点错漏，我相信这是我可以弥补过错的一次机缘，我再也不想错过了。左思右想一夜无眠，第二天清晨五点，我就直奔了栓柱叔家。父亲的新匣子刷了漆，崭崭新地摆在他家院子里，非常精巧漂亮，只是漆还没有干透，一个人恐怕没办法弄走它，我又去请了二叔（栓柱叔的弟弟）来跟栓柱叔一起合力把匣子抬到父亲的坟头边。

　　按照先生所示，煮了两个热乎乎的鸡蛋，我拉了一辆提前从邻居家借来的斗车，上面堆放着需要放到老坟地去的父亲的铺金盖银，还有裁剪好的孝布和需要送到新坟地的扫把、烛台、贡品、鞭炮、纸钱等。

到老坟地送了孝布,并一一分发给到场的亲戚们,我越过一道岭到新坟地里按照习俗先扫了一把扫帚,这样才能开始动土。伐墓和挖掘需要两边同时进行。我迫不及待地再次奔到老坟地去,伫立在叔叔和哥哥们身旁,看他们挥动锄头和铁锹,偶尔试探着铲一两锹土,因为我是女孩,我能做的事就只有哭,其他诸多忌讳我都不能参与。从父亲的棺材露土的那一刻起,我就控制不住地眼泛泪花,我真的太思念他了,我太想见到他了,他们的每一锄头、每一铁锹都刨动我的思绪,掀起我的眼泪。快了,更快了。我希望他们马不停蹄地挥动他们手中的锄具。我想看到我沉睡已久的父亲,唤醒他,让他看到我现在的样子。我一边抹泪一边细数着缓慢流淌的时间。当年随父亲一起入土的那个旧床单出现了,我屏住呼吸,走得更近一点,想看见他的样子。父亲去世的时候我整个人傻掉,葬礼当天亲戚朋友让我哭,我没有一滴眼泪,整个人如同行尸走肉一般,愣在原地,直到回到学校仍魂不附体地在公园里游荡了一个礼拜。不吃不喝,悲恸不已到失去意识。而眼前,当父亲被掀棺的那一刻,我的眼泪决堤,号啕大哭,忍不住想要扑上去看个仔细。踏破时间的疆域,穿凿次元的铜墙铁壁,进入秘境的幽邃之处,到达你的藏身之所,奔赴而来,越过禁地,与你再次相遇。

你来与我相认,此刻你的心脏在我的胸膛里鲜活跳动,我感受你终日的苦闷与对世间的眷恋。

堂兄笃定父亲的尸骨完好,衣服料子不会太破损,这样就减轻了拾骨的工作。果然不出所料,一切都是父亲修来的造化。原定的小叔叔是拾骨人，临近关头他却换作了撑盖布的人。哥哥们碍于忌讳不肯搭手，我回过神，不顾世俗礼节，兀自跳下坑，在一片白布的庇荫之下，铺好金布和纸钱，捧起父亲的首骨放进新匣子里，拿出早准备好的一切为二的水煮蛋，清理父亲的眉骨，再把鸡蛋放进眼睛凹陷的位置，铺上金布再盖好银布，等父亲盖棺合木，捆好红布，再给他搭上黄布。所有环节无一错漏，行云流水般，一气呵成。我惊讶于自己的娴熟动作和果决能力。在梦里反复演练了一整夜，我的良苦用心总算没有白费。

新匣子被抬起，表哥放了挂鞭炮，我跟随在父亲新匣子的后面，心里一阵敞亮，不由得鼓励自己，这是件好事，父亲有了一个好去处，他会睡得更为踏实。父亲的新匣子入穴，我可以名正言顺地动第一铁锹土，紧接着一斗车一斗车的土和不断翻涌的铁锹，高高的坟头就堆起来了。我摆了贡品，烧纸许愿，跪拜磕头，安顿父亲。

父亲的乔迁进行得十分顺利，不早不晚跟着先生定好的时辰，一切似乎按部就班，就像按照父亲生前处理事情的方式一样。仿佛他当时走在最前面，牵着我的手，教导我，指引我处理每一个细枝末节。我身上没有流淌他的血，但我的骨子里刻着他的模样。从此，我要带着他的期许活下去，我的生命就是他的延续。随着事情进展到尾声，我恋恋不舍地离开父亲身旁，欣慰地再看了他一眼，心里告诉他："没事！以后我会常来看看的。"不久后老宅上会起一座新房，我和母亲也会回到这里，这次换我们守着他，不再让他没日没夜地盼着我们。生前没有尽过半天床前孝道，如今我计划着回来侍奉他，以后我就能日日夜夜与他相对，陪伴他度过漫漫孤寂时光。

2. 重庆荣昌

我帮母亲寻亲的计划是无意兴起的。央视有一档感人至深的寻亲节目，我看过几期，其中几例故事的范本与母亲近似，我想兴许借着这个平台，循着这个导向，母亲也能见一见她的家人。那时母亲还和继父生活在一起，除了挂念我，她心里没有寄托，着实有点寂寞。所以那几年我必定每年抽时间带着母亲出去旅游一趟，以此疏散她内心的郁结。

我带她去的第一站是重庆，在她那个陈旧的年代，荣昌的归属地还是四川，因此母亲对重庆是相当陌生的。当日我的朋友们来与我相聚，他们使用方言与母亲交流。我想通过熟悉的语境来唤醒她的尘封的记忆，奈何她耳朵背，反应迟钝，对很多话语都似懂非懂，不过她对这次旅行初体验显得尤为兴奋。母亲很乐意与我的朋友们打成一片，她用她自成一体的幽默方式与人打招呼，忽略年龄差距，通宵达旦，与我们谈天说地。

夜晚下了雨，微微有些寒意，我不断催促母亲去睡，她意犹未尽，就像是真的回到了她的故乡一样，愿意做一个秉烛夜游的少年，将自己的狂想毫无保留地吐露。我终于熬到自己都扛不住了，遣散了大家，硬拖着母亲进酒店休息。她洗了澡困倦而眠，我躺下来，握着她的手，翻来覆去，无法入睡。

第二天，跟着旅行团游玩重庆，结束后我道出了心中思量一夜的提议。我问她，既然重庆都来了，何不去一趟荣昌，兴许到了当地，能询问起你的家人。母亲半晌不语，那时她的身子骨硬朗，去北京爬长城都不是问题,如果她点头同意,我必然会带她前往。但她抿着嘴,不说话,呆呆的,显然是有些犹豫。我试图猜测她的心思,大约是近乡情怯吧。

时隔多年,当我再度问起这件事时,母亲回答说:那时我看到你一路买火车票,住酒店,吃饭,报团,花了那么多钱,还要再去荣昌找一个模糊不清的地址,我不愿意你再多花钱,只要玩开心就够了,见不见他们无所谓的。

母亲无疑是寂寞的,她的内心像一棵生长在偏僻角落里的花朵,兀自盛开又凋零。我非常理解她不可言说的苦楚,她与继父之间没有感情,更别提爱情。他们之间交流甚少,连搭伙过日子都算勉强支撑。

我是在母亲第一次生病时解锁了她的心结。之前她不肯对我吐露心声,是因为她认为我还弱小,只要她继续在那个家隐忍将就下去,我就会少一份负担,并且那个家或多或少会给我提供一些物质上的帮助。"妈没啥本事,只知道伺候人。娃娃儿你安心工作,要自己挣得本事!"她总是把这句话放在嘴边,多年来我竟没有体察出其中箴言,以及这两句话之间的因果联系。

一场以命相搏的疾病换取了她的自由。也许是看到了我的能力在冲刺中前进,母亲又从村民的传言和继父骄傲的口气中断定,我已经具备供养她的条件,并且大胆地设想了我有可能会支撑她逃离那个家庭的计划。

母亲的算术很差,但她的计算没有出错。失去了父亲,她成为我仅存于世的软肋。她的一切要求,我都没理由拒绝,哪怕牺牲掉我的前程和学业。我太懂得什么才是世间最为珍贵的,而什么才是我应该获得的。我愿意失去我未知的获得来交换我所认为的世间较为珍贵的。因为不曾获得的相当于不曾拥有，自然就不会失去，或者我可以换种形式从别处得到。而既定拥有的，失去了就再也找不回了。母亲就是我珍贵的拥有，是我的至亲，是我的唯一。即便是一株握在手心里的荆棘，一柄利刃向我的匕首，我也绝不放手，绝无可能失去她。

一晃几年过去了，我对寻亲之事没有投放赌注，母亲却煞有介事地放在了心上。有一阵子我也觉得很奇妙，为什么我们之间的聊天会急转而下转折至此，母亲会忽然提起强调说："你大舅他们有消息了吗？那一家人还在不在咯？"一开始我搪塞了之，哄她说再等等，人家比较忙。"没事，找不到就算了，估计人家也是不认我的了。"母亲嘴里这么说，神色却不免有些失落。我不敢松懈，只得乖乖将此事提上了日程。那时央视栏目组还特意组建了档案、群聊，以及有专人负责对接和回访。我早早就把信息提交上去，但是不知为何，至今迟迟没有收到回音。

母亲突发急病，神志不清，胡言乱语。从前冲散的记忆全都跑来挤压她的脆弱神经，她变得魔怔起来，神色一换，时光流转，她饰演另一个时代的自己，像是将自己塞回过去的身体里，神神道道犹如神灵附体，念念有词，念的全是重庆地区的生僻方言，而借助另一个自己的口，讲述的则是她儿时可怕的真实经历。

幺噶婆（外婆）天亮之前身体就变僵了，母亲从迷迷糊糊中爬起来，任凭怎样都唤她不醒。束手无策的她只好去找隔壁的张阿婆求救："阿婆你快去看看吧！我娘她睡着了，我实在是唤她不醒。"张阿婆进屋一看,出来时抹着眼泪说:"妹娃儿,你娘断气了,你跟我回家去。"她就着床上的那张破席将幺嘎婆的身体卷成一个筒,就当作是掩埋,牵着母亲的手,回到自己的家中。

母亲吃上了自出生以来的第一顿饱饭,张阿婆没再说什么,静静地看她狼吞虎咽地将一锅粥吃完。这个可怜的女娃,用邻居的垂怜和同情感换得一顿饱饭。而此时的母亲,并不知道从此贫穷和饥饿已经向她张开双手,并深深地扼住了她的喉咙。

这个反复被母亲叙说的情形被搬上舞台重新演绎,我一下子看出了母亲深陷其中的恐惧和伤痛。一个在童年时期备受摧残的女童,她一生都将活在战战兢兢的阴影之中,所以她必须有顽强的毅力,才能刺破这层黑暗,找到生生不息的希望和永不低头的气量。纵然是被疾病操控失去神经调度,她也要拿出拼搏厮杀的决心,与坚硬的现实碰撞,撕开生活的面纱,拼出个你死我伤。

所以母亲身上的生存信念感极强,与生俱来的求生本能促使她不管被丢弃在任何地方,都不遗余力竭尽所能地找寻所需的水源和养分。在我家的时候,她随父亲一起终日劳作,一锅鸡汤永远只啃鸡爪子和鸡头,她活得完全没有自我,但她尽力保持体面,成为父亲的贤内助。在继父家里,她先后伺候走两位老人,还要照料一院子的家畜,拾掇房子和院子。劳苦的生活给她唯一的奖赏是我不断供给她的花衣裳和营养品,她乐在其中,任劳任怨。如今在城市的公寓里生活,她有大把的时间消遣。大锅饭菜不合她胃口,她就自己够几把香椿,掐把辣椒,到小厨房里切半个洋葱,一起混着拌了拌一举下饭,想方设法改善自己的伙食。作为运动营养师，我严格把控母亲糖分的摄入，但也保证她每日膳食丰富。母亲是他们那里唯一一个每天享用四个鸡蛋和新鲜果蔬的人。她以农村人的身份进城，没有显露半点自卑或突兀。反倒一举成为众人羡慕的对象。她终于可以关注自己、完善内心的需求了。

那天，护理员阿姨跑来向我求证一个事实，她问："你母亲当真是四川人？小厨房里也就她敢进。她在这里混得如鱼得水不说，她还总跑出去捡破烂，换了钱偶尔她还会去买鸡腿或烤红薯解解馋，我们这些河南的老太太没一个能想到、做到的。实在是让人佩服！"

勤劳务实，乐观积极。

母亲的晚年该是轻松自在的。似乎也没有什么遗憾的了，母亲唯一要泗渡的那条生命之河就是幺嘎婆死在她的眼前，而幼小的她对此浑然不觉。母亲再度骨折进医院做手术，她又开始紧张地催逼我要个结果。

我必须是那个可以搀扶她蹚过这条河的人。

通过朋友的关系，我找到央视栏目的主持人和编导老师，讲明了意图，再次希望通过他们的力量达成母亲的心愿。那是母亲病情反复失去控制的紧要关头。医院专家给我很直接的建议，老人心力衰竭，左心室那个命悬一线的壁室瘤是个危险的引爆点，再者，精神问题的诱因有很多种，所造成的破坏力也不堪设想。以目前的状况分析，她内心点燃的那盏灯随时会被风吹熄。我一度认为她不可能挺过去。

身份证上显示她今年七十七岁了，跟我身份证上显示的信息一样，当年被村主任估摸着随意一写，我和母亲就变成了出生日期和年龄都有了确切数字的人。但我们的出生日期都是模糊的。

我必须抢在时间之前,让母亲再看一眼这个世界上与她血脉相连的家人。母亲一路从鬼门关挺过来,在老年公寓休整调养。我抽空便去看她,编导老师及节目组积极地与母亲电话沟通,尝试着从她那里得到更多真实资料。转眼半年过去了,寻亲未果,依然没有半点音信。

我想到了新媒体的力量,于是在微博上发送了一条求助信息,紧接着某自媒体平台几年前发表过的一篇旧作被再度提及,无数好友相继转发,数百万网友各出奇招,齐心协力帮我联系到了当地网警官方账号。发布信息的第二天下午,我正在健身房里训练,突然接到了荣昌派出所的电话,电话那端是一个干练的民警的声音:"你是郭子琪的女儿吗?"他用标准的普通话问。

我心里一惊,知道即将迎来的可能是个喜讯。"是的。"我回答。

"你母亲的事情我们调查过了,确有此事。不过奇怪的是,她家人这么多年来一直没有报警,所以我们这里没有她的档案。"

我难以平复内心的激动:"那,我母亲可以见到她的家人吗?"

"当然是没问题,现在高铁很方便,你们可以坐车到荣昌,我可以带你们过去。不过他们家的情况不容乐观,她的丈夫今年八十多岁了,身体也不好,目前由三个女儿轮流照顾。"

我顿时陷入困惑,这与母亲形容的事实有很大出入。紧接着民警的一番话让我更加慌乱不及。

"有一个情况我必须要给你事先言明,她的家人一直认为当年是她背弃了他们父女,因此至今心怀芥蒂。并且她们直截了当地说,见一见面可以，但是她们经济窘迫，无力分担另外一位老人的赡养义务。"

原来她们有这层的担忧，我倒吸了一口气。幸好是她们主动提出这个要求，我本来还有这个顾虑，我的母亲，我又怎会轻易拿出来与人分享，也从未想过找到第二个人与我分担照顾她的责任。她们仅仅是与母亲有关系的人，而我才是她真正的女儿。

"如果这样的话，我还是与母亲商量一下吧！还是要看她的意思决定，毕竟那是她的家人。不过请你转告她们，我们只是见上一面，了却心愿。如果实在放心不下，怕我们纠缠，我们以后可以不再联系。"我私自替母亲拿了主意。

"时间太久了，她走的时候孩子们又小，彼此间有隔阂是可以理解的。不过也许见了面，她们之间的血缘联系和亲情记忆会被唤起也说不定。"

挂完电话，我的心里五味杂陈。也许母亲当年的遭遇另有隐情，但我没有打算怀疑母亲，也没有急切探究事情的真相。当下最要紧的是，我要赶快通知母亲这个她期待已久的好消息。我去寻她时，她正在巡视别人的那块菜地。我说母亲，你重庆的家人找到了。她却镇定自若地问："找到了？还有几口人？"我将详细情况转述于她，她显得跟我一样吃惊。"那个老头儿还活着啊？"然后我没再继续往下说，我走时拜托院长帮我转述她女儿们的那些话。母亲听完果然很难过，用力拍打着自己胸口说："我生了她们姐妹三个呀，一个个那么长，嗷嗷嗷地哭着，抱着我怀里喂奶喂到大，到现在她们不来认我，还不想管我？"母亲的病根未祛，不能生气动怒。院长慌忙拿出一番劝慰的话："管她们干啥，你生了人

179

家也没有养人家，凭啥让人家来赡养你呢？再说了，眼前你有这么一个女儿顶她们十个，还不够你享福的吗？你想看了就去看看，看过了以后就不要跟她们有牵扯；不想去了咱们就不再想了，好好过咱们的日子。断了这个念想。"

这原是我让院长转达母亲的，我当然不希望她为此难过、沮丧。我当然也知道母亲是有期待的，她想象着她的三个女儿如我一般可靠，她兴许能获得额外的幸福。

视频里，母亲背着手骂骂咧咧晃荡而去，她尚处在愤慨中无法释怀。毕竟前两日，她刚接到消息时，还满院子里到处炫耀她重庆那边还有三个闺女，她用手指头比画着一二三，骄傲地宣示她作为母亲极大的满足。现在，这个好消息已经失去了价值。不知道她孤枕难眠的时候会不会有一丝失落，还是认清了事实之后，有了一番新的体悟。

为确保万无一失，我们配合警方做了亲子鉴定。一个星期后结果出来，再次肯定了母亲的身份。我为她感到高兴。接下来，我筹划着要带她去往荣昌的事。没想到，母亲却一点都提不起兴趣了。也许重庆的那一次旅行已经帮她完成了心愿，而这次的寻亲结果也让她了无遗憾。就像她所说，"安心就行了，见不见面真的无所谓了。"

我顿觉释然了，我看似愚钝实则豁达的母亲啊！

她就像一颗混迹于沙土里的金子，随着时间潮水的推移，身上的闪光点慢慢漂浮于水面。历经大半辈子的跌宕和苦难，她活成了一本耐人寻味的童话书。以愚昧和恐惧开场，以善良和智慧展开情节叙述。

梦想何必远方

这个名叫天桥的地方折叠着我的童年，也许摆放的还有我未知的以后。我知道，就算我在世界的任何一个地方浮躁不安，这里始终都能镇住我的每一根神经。

入村口路两侧左右对称的风动石，像是被外星人搬来特意守护这座村落的将军石。唯一的一条小路盘旋而上劈开山岭，豁出一个巨大而醒目的洞，安放世代人的苦难，提供容身之所。如今它被反复修缮，拓宽路面，一遍遍涂上沥青，像被反复粉刷的旧记忆，历史和伤疤遮遮掩掩，被生硬地裹在里面，怕被人看见。这条路飞扬跋扈地冲上山巅，欲与屹立亿万年的最高峰比一比高度，天真的虚妄赤裸裸地摊在那里，更像生唉人心的欲望。那直立陡峭的爬坡路段，我每走一遭都觉得地动山摇，有种灾难来临前的预感，仿佛心里那块完整的家园被凶猛的洪水野兽冲散，拦截不住。因此这座原始的村落以经济发展的名义被迅速曝光。

我出生的那个年代，旧机器制度被废弃，人类似乎进入了秩序管理下的文化启蒙期。村民们参与的集体劳动除了修路就是建小学。

我恰巧遇到新生儿出生率的最高峰值。上三年级时，二十六个同年级孩童不得不跟高年级的哥哥姐姐们轮流使用大教室。有时候没有教室可用，只得分成两个班上自习。一双双拥挤而童真的眼睛望向窗外迷茫的世界，麻雀的叫声不足以吸引孩子们的注意力，一个个挥舞着锄具的劳动身影和随着锄头起落的劳动声响牵动着大家紧绷的神经。晃动的人群当中，必定有一个是自己的家长，爷爷、奶奶、爸爸、妈妈、叔叔、小姑，无论男女老少，他们正齐心协力建造一所属于自家孩子的学校。搞教育是件大事，为教育事业出份力似乎也能沾染文化人的气息。大人边劳动边闲话家常，时不时讨论着应景的话题，相互传递孩子们的未来和家庭的寄望。父亲也夹在其中，汗流浃背，一声不吭埋头苦干，当数他的干劲最大，沧桑的脸上那一抹神气的笑意让他年轻了几岁。

　　不知为何，一层五间砖混平房，拖拖拉拉、耗时一年多才修建好，四年级在另外一处旧教室里仓促结束，新教室才在一片期盼声中落成。举办完揭牌仪式，升入五年级的我们光明正大地成为新学校的第一任主人。学校为此举行了庄严的升国旗仪式，一杆崭新的旗杆和一面鲜艳的国旗矗立在我们面前，乡领导和县领导前来考察，还表示了慰问和祝贺。我们排好队，动也不动地保持着蹩脚的敬礼手势，红领巾实在飘不起来，因为有一多半人都系歪了，两位老师强挤出一个窘迫的笑，手忙脚乱地穿插在队伍当中，一个个帮忙捋顺和调整。我被选为少先队大队长，骄傲地宣读着爱国宣言和少年志向。我对新学校感兴趣是因为校园里新栽种的那几棵耐旱的水杉树，挺拔垂立，像哨兵一样，让人看一眼就觉得备受鼓舞。许多年后，我惊奇于自己当初敏锐的知觉，也因此相信了玄妙的心灵感应。因为那一天放学回家，父亲才故作神秘地对我说：你猜一猜你们学校哪一棵树是我栽的？

数那棵杨木乃树活得最久，它巍峨地挺在那里，傲视风霜，目睹着比它年龄还大的辛夷王和柿子树相继倒下。一树紫色的花开成花海，藤藤蔓蔓缠绕，昭示出它不败的业绩和绚烂的成就。这棵树的主人不知道什么时候离世了，但他的家还在，他的女人被城里的儿子儿媳接走，没多久又哭丧着脸，独自跑回来山里，在那座荒凉的老院子里继续维持一个人的生活。她家的蜀葵开得也好，只要给它足够的水，肆意妄为的种子便能开出一座绚丽的花园。她闭门外出的时候，那些花儿像一盏盏鲜艳明亮的烛台，更添这座老宅的阒寂和荒芜。我喊她余家表婶，也可以称呼她为宋家表姑。她心里的快乐不知道被什么拦下了，满副愁容挂在脸上，偶尔见到我，对我的态度反倒比以前更热情些。她家是去我家的必经之路，院子里的那个缺口是朝向大路的。一眼望过去，总能把她那个家看个底朝天。纵使往日的烟火和荣华不复，我总能回忆起她家给我塞糖果和零食的老婆婆，她搬着一把椅子终日坐在树下恹恹欲睡，只有看到我的时候，才会打起精神，两只黑咕隆咚的眼睛仔细盯着我，用干枯的双手招呼我近身。我想起这位表婶儿以及并没有关系的老婆婆，她们待我如同亲人一般怜爱，于是内心流淌一股温情的电流，无数明明灭灭闪现，将我生命里所有的暗与亮、美与丑、善与恶的正负极连接。是这些人，赋予了我存在的另一类价值。

紧挨着是三户相邻的老陈家，其中一家从我记事起就举家搬迁外地，另外一家门口有一棵一人抱的北方木瓜树，开细蕊的粉红色花朵。

他家的小儿子娶了我的堂姐，两人搬到如今那座荒废的小学教室里做些小生意。我对最后一家的印象最为深刻，我就是吃那家媳妇的母乳长大的，因为有了这层关系，我称呼她丽嫂子，她也相当于我的奶娘。偏偏她只生了两个淘气的儿子，故把我当作女儿般对待，我也总端着一碗米饭到她家里去添菜，困就躺在她家那电风扇下的凉席上睡，醒来就自己打开遥控器看电视，那副碗筷早被洗得干干净净摆在那里。繁茂的葡萄藤从房舍的屋檐攀爬到院墙外，不管这一年的收成如何，我永远是第一个尝到鲜的人。她家的菌种在两夫妻的经营下如雨后春笋般层出不穷，白的花的香菇烘干拿去卖，形状不好、花纹不好的被收割进自家厨房。我们一家三口也没少接受这份偏爱。再来就是他们的勤劳，天桥村不差他们这样的婚姻模范，但像他们两人这样，女人泼辣爽快、敢爱敢恨，男人任劳任怨、敢作敢为的，并不多。有太多的夫妻都是被生活折磨得只剩下亲情的维系，他们两个在人堆里也要坐在一处，一个鼻孔出气，彼此维护各自的不足。

小时候我常去北坡的老慎家走动，桃花盛开的三月我就守在树下。他家栽种着一大片桃园，品种齐全，供给不断地从五月吃到八月。桃树很多年前都被砍光了，枯枝做了柴火，杂草也被一把火点燃，翻新的土地里种上了大叶玉兰，再开不出粉的红的花，以及如那般耀眼。我也就不再馋了。慎家舅舅是我堂兄的亲舅舅，他能说会道，村子里但凡有红白喜事都乐意请他前去照应。他当过队长，也是全村唯一一个会把所有人的大名拎出来大声叫喊的人，说话声总像举着个大喇叭。我三岁的时候他就把我当大人看待，从小到大，一见面都是那副强硬的语气，让人觉得极其不近人情。不过他喊完你的名字之后往往展露出一个慈祥的笑容，你再次觉得那个笑里面似乎也藏着点什么。最后的对话一定会以他的一番语重心长的教导收尾。不当队长以后他仍维持着一个老学究的做派，他确实也能将人一眼看穿，一招制服。儿女成才以后他就跟老伴守在山里，似乎并没有什么可操心的，但是闲不住的他四处游荡着给人说亲，也促成了不少好姻缘，他又成了远近闻名的媒人。

数下庄麦场的明祥婶活得最窝囊。明祥叔走得早，她一个人拉扯大两儿两女，如今儿女相继成家，没有一个人愿意赡养她的。她养的那条灰狗倒是壮实，在她面前摇尾乞怜，在众人跟前耀武扬威的。远远地看见那狗跟她一块儿出来，总有一种人仗狗势的错觉。因为她实在是太矮小又太瘦弱了。她一贯的姿态就是佝偻着背，眉头缩成一团更突显她的吊梢眉，眼神死死的，逢人总是哭丧着脸。唯一欢迎她串门的是下坟地的林叔家。林叔爱猫，满院子的猫上蹿下跳，去他家根本没有下脚的地儿，也只有他不嫌弃明祥婶日复一日地哭诉和对世俗不满的发泄。林叔早些年买过一个媳妇，后来好好的媳妇变成了疯子，再后来干脆吃喝拉撒都在床上，变成了瘫子，最后成了永远沉默以及不需要呼吸的人。好歹留下一个女儿，是我们大家族平辈当中唯一一个比我还小的，她早早嫁了人，远离了家庭的悲惨往事。不过她还算有福气，婆家对林叔照顾有加。常听林叔说，女婿家又来给他翻新房子了，女婿家又送来米面了。他志得意满的傲气与明祥婶意志消沉的晦气形成鲜明的对比。反正日子就这么像半瓶子的水一样晃荡着。生活正反面的两个人也有了融洽的汇集。

185

不过也有错综复杂的关系让人头疼。东沟养蜂的一位叔叔同门排行老三,人称三叔。三叔结婚多年,两儿一女都到了适婚的年纪,不料想婶婶嫌弃三叔没本事,太木讷,倒跟隔壁的邻居私奔了。邻居是个未婚的小子,两人在外没过多久又丢人现眼地回来了。三叔愿意接受她浪子回头,没想到她又跟下庄的我的另外一个姐夫厮混在一起。戏剧化的情节来了,这个姐夫的老婆,我的另一个堂姐,先是跟那个丢人现眼的小伙子厮混了一阵子,然后也跟自家隔壁的一个青年小伙好上了。更加离奇的是,这个青年小伙的弟弟娶了三叔的女儿。惊堂木一响,混乱的局势好像就此控制住了,从此这三家人的关系像一团乱麻纠缠在一起。纵使我这种善于破解死结的人也觉得难以理出头绪。我见到以前的姐夫哥,再看见他身旁站立的我从前的三婶,我张了张嘴,不知道该怎么喊出口。邻居们更是头疼,时常碰面但又完全不知道怎么称呼,都是低着头,甚至捂着脸,做贼心虚似的从他们跟前匆忙掠过,明明他们才是做贼的人哪!那个三叔的女儿,我的姐姐,倒是过得不错,很得丈夫疼爱。只是每每看到三叔一个人落寞的表情,我只能与他谈一谈蜂蜜和蜜蜂,也许早已被失败婚姻痛击得麻木不仁,他站在人群当中,仍慢条斯理,一本正经地回答我的每个问题,脸上悬着的笑相比从前并没有丝毫减损。让人看得越发心酸了。

西庄的老屯叔时运不济,他确实得了一个会生养的四川媳妇,生了两个女儿一个儿子炫耀门楣。两个女儿相继嫁到了远处。儿子在上初中时与他发生冲突,爷俩关着门干仗到天亮,听说小哥哥被吊起来拴在房梁上暴打一顿,第二天皮开肉绽地瘫在床上。几次冲突之后,正值青春叛逆的儿子一气之下，以上学的名义离家出走，以后就再也没有回来过。蛮子婶坐在辛夷树下吹着冷风，见到背着书包的学生就哭，逢人就眯起眼问：你见到我家川儿了吗？见到了帮我带句话啊，娘想他，娘这辈子再看他一眼就知足了。她越说越伤心，悲怆的哭腔招来喊冤叫屈的孤魂野鬼，即便她坐在太阳底下，那里也阴嗖嗖地冒出一股冷气，让人不由得毛骨悚然。有一回她拉住我的手，问我母亲过得可好，问我今年多大了，为什么还不结婚。问有没有见到小川哥。她一问我反倒先哭了。她愣了一下，晃了晃神：孩子别哭了，你也怪可怜的！早早地没了父亲，母亲还嫁人了，现在回来也没个家。以后你就把婶婶这里当自个儿家啊！我这下真的哭了。时间长了，她自己熄灭了希望的那盏灯，不再枯坐，想念不成，积郁成疾，患子宫癌离世。老屯叔一个人孤活于世，前年春节，他因一口古井跟栓柱叔起了争执，我去调解。他又坐在那棵辛夷树的凉荫下破口大骂，端着吃了一半的粗口大碗饭，我看着他的口水飞沫四溅，纵使他喊破了喉咙，那里也再没有可悲悯他的听众了。

数西庄的这座三百年的老宅最具考古价值。这里是一个家族的兴盛衰落的起点。相传那是宋家老祖宗白手起家，带领着他的众弟子们筑垒的石堰。整齐划一的花岗石石块堆积，摞成歪歪扭扭的一字砖的形状，近千平方米的泥土勾缝，仿若一座固若金汤的城池。墙头长满一簇簇的枸杞，林林总总繁衍出一季又一季，世人熟稔它的叶子和果实皆可果腹的滋味。我至今还会掳一片轻巧的叶片放在鼻尖上嗅一嗅那怀念的味道。石块间的缝隙处挤满了很容易辨认的小麻药，那是可以止血的天赐良药。墙上有顽皮的孩童随意间的涂抹,用手轻轻一擦,一个时代的痕迹被轻易抹去。历史和现代拥挤在一处,呼吸和命运彼此相连。我常常双手举起朝后,将头朝向山谷间那瓦蓝的天空,微微闭上眼靠在那面墙壁上故作沉思。光线移换不定,风起云涌,暮色将至,璀璨的晚霞坠落在寂寥的旷野,仿佛是远古的一声哨响,村落置身于梦幻的彩云之间,引出一曲醉人的晚唱。二叔摇摇晃晃担着两个木桶将我唤回现实:"脏不脏,靠在那干啥?闲着的话跟我上粪去!"

我当然不会跟他去菜园子里自讨没趣,一溜烟钻进三进院的大门里,闩上吱吱呀呀的门,越过二进院无人居住但蜀葵长势良好的庭院,假装悄无声息地推开已经被拆除的二进门,再跑进二婶家的小厨房,跟流窜到各家但无人驱赶的橘猫抢占食物。二婶从灶台前面抬起头来瞄见我,虚张声势地举了举手掌,又轻飘飘地放下,一抬腿使劲扛起全身的重量,斜着身子揭开锅盖,给我拿出温在里面的水煮蛋。现在的我基本上跟一只猫是同样的境况,随意蹭吃蹭喝,也不会招致责骂。

很明显,像我这个年纪的女孩子是不再适宜独处深闺的。但我并非那个全村人都会挂念于心的对象,与我同岁的侄女无疑成了我的挡箭牌。被亲戚朋友拖去相亲无数的她已经对婚姻起了反叛心理,原本铁了心跟我一样秉持不婚主义,结果没想到,她的理想还是败给了慎家舅舅的嘴皮子。这一次相亲竟然成了,男方居住在一山之隔的另外一个村庄。疫情期间,两人作为网友聊天了三个月之余,之后见了几次面,订完婚,双方家长就催促着赶快结婚。这桩婚姻本来是挺顺遂人意的,不料丽嫂子站出来吆喝,指责慎家舅舅多管闲事,她原指望着侄女能与自己的小儿子结为良缘。好歹肥水不流外人田,宋陈两家结为秦晋之好也有百年的传统了。二姑也跳出来埋怨说,她家大儿子也没有对象,侄女可是他们瞄准已久的好茬子,绝对没想到会被外人捡了漏。埋怨归埋怨,真到结婚办喜事的时候,家家户户纷纷前来表示祝贺,和和气气一团,无一人作弄是非,生出事端。

那是个热闹非凡的日子,死气沉沉的村子好久没办过喜事了。寂静的光阴晃动了一下,像春天一样焕发生机。很多人仿佛从一块尘封已久的幕布后面一下子冒了出来,一张张久违的面孔从四面八方拥来贺喜,喜气洋洋地交了礼金,寒暄两句,在统一的时间点推杯换盏,把酒言欢。那天哑巴爹爹也被带回来与亲人团聚,他流着哈喇子与过往的人群打招呼,步子一颠一颠的,快要飞起来了。

侄女是他的堂孙女,而他历来是全村的"活宝"。

我看着他混迹于众乡邻间一高一低窜来窜去的身影,恍惚间觉得那些逝去的亲人也都回来了。他们也许从未错过人世间的任何一桩喜事,只是不方便参与罢了。席间整座村子的人家几乎都在,在这个特别的日子里,姓氏的差异变得不那么重要,亲近疏远也被人忽略了,每个人的脸被粉饰一新,心中又唱起岁月的赞歌。内外窗明几净的房舍,大红色的装饰,行头,俊俏的自家儿女,和将喜庆到处张贴的一天。

约定俗成认为鳏夫寡妇不能参与这等喜事。送侄女出嫁的早晨,余家表婶、明祥婶、老屯叔、林叔这些孤寡老人都在远处目送着她离开,我在前面给她拎箱子装上车,她盖着红盖头由叫好的人举着艾草在前面引路,鞭炮霹雳,欢天喜地,落在新娘身后的新娘母亲独自隐在角落里抽泣。我用镜头记录下这感人的时刻。如果将女儿的婚事比作一次别离也未尝不可。毕竟嫂子、侄子、侄女,他们一家三口一直过着长久分离的生活,他们相聚短暂,本就屈指可数,与这一次又有什么区别。一直送她上车,她被新郎带走,接亲车队的长龙看不见车尾,村人间一个感慨的声音剥离出来,唉!又嫁掉了一个,这村子里的人越来越少了,走出去的就再也回不来了。我知道,何止是嫁人,整座村子几乎都没有年轻人了。就像一棵树的树腰凭空消失了,又或者中间的部分被掏空了,剩下老弱病残继续维持着生机。空荡荡的,空洞无力。

出生后的,上学走的,失踪的,打工走的,嫁出去的,举家搬迁的,无一人再回来,也没有人愿意回来了。这里就像一个孵化的梦工厂,耗尽心力培育,将一批批鲜活的人送出去,剩下的都是苦役的劳动力和废弃的机器设备。是社会这座大熔炉代替加工捏造出他们的形状,他们自己不再追溯本源,不再追想过去,这只是暂时的遗弃,也许不久整座村庄会彻底从地图上消失。我们这代人有望成为亡族的罪人或俘虏。有太多嘲笑的声音停留在那里,使人觉得它的呼吸器应该被拔掉,因为实在没有被拯救的必要。事实上,这相当于阉割掉一个地域的特征和地方风俗,发展的需求大过生活的意义,一部分人的出生跟深埋的灵魂一样显得无足轻重。是呵!当一味追求前进的时候,谁还会掂量沉重的脚印呢?就像我这个大龄未婚女青年一样,在城市人的眼里是羡慕的另类，但没人会想要接近，在农村里被卷在舆论的中心，令人生畏。我既不是城市的身份，也不符合农村的标准。我不仅仅被怀疑初衷的单纯性，还应当被怀疑存在的必要性。被质疑的还有要命的梦想，仿佛梦想也要与时俱进，不能过于保守，不可过于激进。所有人都如同口号响亮的勇者，但无疑都不再忠诚于自己的内心。

可人的内心，不应该是向着光明的吗？倘若你的心中没有向日葵，那就先撒下一粒种子吧。十年前我就种下了这粒种子，现在我想成全我的梦想。我长在这里，从这里走出去，我还没想过我人生的船桨将滑向何处，可我想回来，只不过是一个在城市里摸爬滚打的人需要回归她的故乡。兴许我不需要真切实际地做些什么，故乡就是我最后的退守。多年前有人问我，你有梦想吗？我羞于启齿。然后他知道我内心的惶恐，再次鼓励我说，有梦想就应该去捍卫它，很多人都会帮你的。我一直记得，我心中的那个梦从未更改过。梦想何谈深浅，何谈贵贱，有可以追的梦就不应该因为纷扰的声音而停住脚步。

但若那些质疑的声音来自你最亲近的人呢。

二叔说："你吃饱了撑着了？一个女孩子家还想着回来干啥？你抬头看看，哪个不是挤破了头的往城市里去。你在外吃了那么多苦，图的是个啥？"

明祥婶眉头一皱，"哎哟"了一声道："还想着回来呢？家里都没有人了，你还回来干啥？就守着那么一亩三分薄地，现在也不种庄稼了，难道你也爬上树去摘辛夷不成？"

丽嫂子倒是开明："回来就回来吧！还是山里好，吃的也放心，守着这干干净净的空气，周围都是你的亲人。再怎么样也比外面自在。"

不出门，就能听到各式各样的声音纷至沓来，仿佛这是一件比我的婚姻还要大的事，全村人突然关心起我的未来。我哭笑不得，非农忙时节，大家似乎真的太闲了。

没多久表哥的电话也打来了，他的语气近乎问责："你若是盖了房子，将来结婚了咋办？"

"我招个上门女婿。"

"那算了，岂不是害了人家吗？"

"那我还是不结婚了吧！"

"那就更不能给你盖房子了，这不是害了你吗？"

我一时噎住。当然他们更关心的是更为现实的问题，我回来以后到底能做成什么呢？而我又为什么执着于要返乡回农村呢，一个女孩子，这样的想法不切实际，甚至接近于危险。

表哥还推理出了一个极有可能的长远布局。我们这个村实在太穷了，没有可供开发的自然优势，山上的草药和优良树木早被挖空了，雨水不调，旱涝不均，这几年道路塌方和山体滑坡频发。更没有得力的干部，几次旅游开发和经济补助的机会都没争取到位。再来就是笼统那么几十户人家，一辈子务农的思固化维，老实巴交，安于现状，穷怕了，振兴乡村靠他们是不可能的。按照这个形势发展，山里的人都会被统一安排到乡镇的安置房里，这座村子必消失无疑。

我握着电话的手心生出一层涔涔的汗。被自己人直面剖析出这个生存现状，我的反应近乎愤怒。挂断电话，我顺着那条路爬上高高的山岚，不畏艰险地站在风动石头上，任风吹打着我的眼泪。小时候，每当受了委屈我就会想要往高处跑，石板上，树上，山顶上，房屋上，铁塔上。我总觉得站在高处有一种优越感，这样我就可以以上帝的视角看待问题，委屈的眼泪掉下来一下子就滚将远处，委屈也就不显得那么大了。城市里没有高处，站得太高只能生出悲的念想。现在我站上来，站在表哥所说的被挖空药材和树木的山上，委屈却被无限放大了。远处有一个山头被批准开矿，白色巨大的伤口裸露在外。连绵不绝的莽莽大山，沉默得如同一座恢宏庞大的海市蜃楼，许多人对它忍辱负重的高大气度视而不见。我看到故乡血肉模糊的伤痛，凭我一己之力又该如何抚慰和安顿它呢？远处传来断断续续的羊铃声，听说牧羊人也要跑到更远的地方才能找到丰茂的野草，否则羊就要跳进菜园子里四处践踏。连一些家畜都感受到生存的恐慌。

切割的机器声尖厉而轰鸣，长久划破天际。在我缺席的这些年，我的故乡正经历着一场空前的涤荡和清洗。也许我踏进来的是一个争斗中的旋涡，而我自以为是地冠之以梦想的美名。真的回不去吗？是我们不愿意自我消耗降低生活的成本，还是故乡的定义被重新篡改，变成了遥不可及的远方？无数人叫嚣着回不去的遗憾，和感怀着梦想的脆弱乃至不堪一击。无数人跟随时代的洪流乘风破浪而淹没了自己。无数人从这里走出去又仿佛从来都没有来过这里。也许失望堆积得太多太多，无数次发出的孱弱呼救听不到半声回响，而节奏太快，人的思维跟不上反应，也就变得懈怠而懒于应付了。推波助澜的命运更像悬着的一条河流，谁都想挣脱宿命的圈套，但是如今只好瘦弱干枯地横在那儿，一时半会儿没有翻转的余地。终究还是城市的生活更加便利些，忧伤随时被覆盖，自卑和恐惧可以被舌尖上的一顿美味冲散，欲望的沟壑更容易被填平些。水泥森林里更多的人跟你是同类，大差不差的身份、地位、相近的性情和相同的人脉圈。大家插科打诨，彼此间说着言不由衷的话，各自回避梦想，缅怀故乡。

我要回家乡发展以及我要在老宅子上盖房子的消息立刻传得沸沸扬扬，支持和反对的声音参差各半，多数传言认为这是板上钉钉的事。表哥的电话被打爆了，众亲戚和数十支消息灵通的施工队轮番轰炸。他当初的意见无意演变成了阻挠，已经有人开始公开指责他的不是和为我打抱不平。

在我不知情的情况下，大家开始讨论着这桩即将发生的事。毕竟一众人当中没有我的直系亲属，自然也没有可以替我做主的亲人，大家的热议也仅限于讨论，更不便过多干涉。他们在黄昏时分不约而同地聚拢而来，地上扔了好几颗烟头，大家围着停车场边的石堰坐了一圈，正聊着天，我踏着轻快的脚步向他们走过去，所有人像被一语道出了秘密似的齐齐扭头看向我。我不接受这种形式的逼供，我理了理吊在额头上的刘海，清了清嗓子主动出击："怎么？你们难道不欢迎我吗？"

"说啥呢？这孩子，谁不欢迎你呢？"

"这不就是你的家嘛，愿不愿意回来都是你说了算！"

"我们正商量着你盖房子时如何给你帮忙呢。"

"你就不要嫁人了,做宋家老姑娘,陪我们一起变老吧。"

"对呀!绝对没人笑话你,我们就当你是个儿子。"

"现在老人们都不会使用手机,社保卡还要使用新技术登录,你在家当然能帮得上大忙咯!"

"这些年都只见走的,没见回来的!你能回来,我们高兴还来不及,只是别苦了自己。"

我简直不敢相信自己的耳朵,也瞬间清醒过来,这是全村人聚在一起,最终开会商量的结果。沿袭旧的传统体制,他们会对每一件大事做投票选举。我的事在他们看来的确是件庄重的大事。而我,一直是他们眼里的小孩。

黄昏的暮色沉下来了,黛青色,淡淡的,笼罩着苍茫大地。我可爱的村民们被恩赐的天光沐浴着,我也往这个光环的中心驱使着脚步。越靠近越觉得那暮色又被点燃了,像一团火似的,把每个人的脸庞都照得红润又明亮。我的眼泪又忍不住了。

有些时候,宠爱使你有恃无恐,但偏见使你更加清醒。如果这些看着我长大的人都义无反顾地跑来支持我,我也理所应当地认识到,我的亲人们他们一定也是特别爱我的。我突然不难过了,我不能为任何人的劝导解释什么,因为为解释而说的话都会被列为证据,我必须为我的承诺负责。那么我最好全盘接受所有的声音,然后去独自承担和完成它。

我趁热打铁跑去问慎家舅舅:"既然你们都那么支持我,能不能先把老王家的羊圈问题解决了。谁家能把羊圈建在大路上啊,一到夏天,蚊蝇乱飞,臭气熏天,多影响观瞻。"慎家舅舅想了一下,用他惯常的语调说:"那个老王伟和老王五两兄弟啊,光羊圈的事都说了他们多少回了,未必听得进去啊。你也了解他们的脾气,这事恐怕不大好办啊!"

"你想想办法吧!舅舅。这点小事肯定难不倒你。"

经不住我的软磨硬泡,慎家舅舅答应帮我一试。

这只是个开始,也许诸如此类棘手的事远非如此。我想,我一个人也许无力应付这些鸡毛蒜皮,但我有强大的后援团队,他们一直都是看着我长大并给予我力量的人。我因此不觉得艰难和孤单。如果我在一个陌生的地方碰得头破血流,就应该选择在一个温暖的地方发挥我的余热。我已经走过千山万水,世界各地都有探索不尽的风景,而我现在只想放眼于我的故乡,在熟悉的土地上继续奋斗,就像把工作室设立在家中一样快活而自足。

我常常去看那座静候多时的老宅,总有人为我的出现表露出一丝担忧。因为那片宅基地连接着半亩田地,家业一败涂地之后,这里被邻居们分割占用,种菜的种菜,栽树的栽树,架木柴的架上了木柴。不打招呼,随意切割和使用,毫无章法可言。木柴和蔬菜好说,田地里几十棵红枫木绿树成荫,根深蒂固地吸附在此多年,再想轻而易举地拔除是不可能的,可我要盖房子,这一片树龄正值鼎盛的树木必然成为我的阻挡。

我问表哥应该如何处理,表哥指着那一片树林霸气地回答道:"你别管!"他恶狠狠的,表现出比我还要维护这片土地的强势。正筹划着,王家老二拎着一个塑料袋子走过来了,他好像跟从前没有多大变化。我认出他就是那天在另外一个山头上的牧羊人。

"今年羊的价格不错,你可要发财了。"

"发什么财,最后一群了,卖了倒真干净。"

"那羊圈的事?"

"羊都要卖了,还要羊圈干啥。这房子什么时候盖啊?"

"羊到底什么时候卖?"

"你别着急,吃点城里吃不到的东西。"他撑开袋子口凑近我。

"是什么?"我后退了一步,不敢去接。

"是好东西!"

"嘻!是杏。"

"是你在城里吃不到的。麦熟杏,咱们自家树上摘的。"他指了指他家房后。

我瞄了一眼他指的方向,确认杏树的高度和那棵杏树与羊圈的距离。只见他拿出来一个在胸前胡乱蹭了蹭,往嘴里一填,咬得嘎嘣脆响。紧跟着我的口水也被勾引出来了。我也学着他的样子吃了一个,又吃一个。果真,那杏的味道是城市里买不来的。

我再想起我的祖父母。他们养过蚕,生前并不知道蚕的由来和南召县与蚕的渊源。蚕的一生极其短暂,从蚁蚕到吐丝结茧仅三十天,但作为一种文化象征,蚕的历史与华夏文明几乎同步。蚕桑文化文明史,又是丝绸文化的发展史。

如今我们只关注华美精致的布匹,无人在意背后鳞翅目丑陋的昆虫。多像我们身处的当下和现世,农耕退化,劳动人民的身影销声匿迹，终有一天，是不是也会被制成标本放进文化博物馆的橱窗里展览？那些仍旧甘愿做蚕的人，他们恪守本分，请别再扼杀掉他们的意志。弱小而无力的人们，他们也需要释放体内的沉疴痼疾，并尽力地去维护本真和保持内在的欢愉。我不由得感慨道：我长大了。但我也会成为他们其中的任何一个人，坚强且无畏地深耕于这片黄土地。

（全书完）

后记

　　某一个昏昏沉沉的早晨，我醒来，坐在电脑前沉思，一个字都写不出来。猫不停地叫，我心烦意乱，无心工作，只好强迫自己再度回到床上睡去。

　　这一睡，三个小时过去了，其间我做了一个长长的梦——

　　就在那山下十几千米处有一人工湖，那湖水一路逆流而上，涨势凶猛，直冲向山脚下我家的大门。片刻后洪水退去，来此游玩但滞留于此的朋友提议，不如游过去吧。于是我们结伴游泳过河，河水很深，我边游边吐槽这糟糕透顶的主意。

　　由于浸泡在水里，身体陆陆续续发生了一些变化：先是手脚起皮，紧接着一阵湍流将我们拍打到湖底，我猛灌了一口水，胸膛内的那颗心脏起伏不停。随后，在我们曾经路过的那个浅滩上，我率先发现了一件厚重的衣物。是那种深绿色的羽绒棉袄，上面密密匝匝地爬满了蝇虫，嗡嗡嗡的，让人不得不注意到它的存在。我想也没想，指着那件衣服欣喜若狂地告诉同伴："那不是栓柱叔的衣服吗？"同伴应诺："好像是的！"我们再次游过，发现那件衣服的破洞之下，是一具鲜血淋淋的肉身，没有任何气味。

我的梦就截止到这里。

我知道我的梦预示着什么。

距离我写下这本书的初稿，整整十个月过去了。而初稿之后，我就一直在计划着我伟大的梦。按照计划，十月一日国庆节的时候，我就要摒弃掉多年的城市生活，回到我梦想的农村，回去过我书中所描绘的田园生活。同时也为了响应国家"乡村振兴战略"的号召，我甚至向当地旅游局提交了一份"保护文化历史住宅"和"建设云上天桥魅力西庄"的可行性项目。而就在九月二十四日那天，这一切发生了天翻地覆的改变。

从天而降的一场暴雨，从晚间的十一点持续到了次日的凌晨两点，历史性的降雨量骤然聚集在栽满风力发电的巍峨山头，造成了大型滑坡泥石流。山洪瞬间暴发，呈金鳞巨蟒之势，浩浩荡荡一路席卷而下，带走了我的栓柱叔和一众乡邻，还有经济林、房屋、土地等，并摧毁了一整个村庄。

"南召县总体受灾人口三万余人，两死一伤，一人失踪。"新闻里如是播报着。而我们就是那三万分之一百，所有死伤全部来自我村，被排山倒海的洪水拍打的也只有我们。

连人带床带房在熟睡中被大水冲走，确实骇人听闻。

正在桂林攀岩的我接到这个不幸的消息时，全村还处在断网、断电状态。洪水尚未退去，不断有乡邻的尸首被发现。一众乡干及救援队伍夜以继日奋战，县级领导乃至市长亲自下乡慰问，哥哥们掘地三尺，扒开拱桥的乱石碓，放掉人工湖里的水，一连数日营救。我也赶回前线参与了现场救援,直至所有的真相明朗,仍然没有栓柱叔的半点消息。

与其说是那场暴雨带走了他,不如说他与那些雨水一起蒸发于人世。从此以后,随着这个"还算有点文化的""喜欢跟人拧的"被我选定为"大管家"的叔叔下落不明,我的整个归乡计划彻底宣告失败。

父亲过世后,我从未遭受过如此大的打击。我彻头彻尾地再次认清了自己——一个弱小,潦草,没有能力拯救亲人的失败者。我痛恨当下,变得愤世而自闭。逃避、恐惧、焦虑,我一度陷入创伤应激障碍中,不能自拔。关于洪水的梦境反复上演,已经在我脑海里扎根,复刻成痛的记忆。但凡夜间下雨,我下意识地瞬间从床上弹起,浑身战栗,坐立难安,大口大口喘气。

面对着满目疮痍的村庄,我不免生出悲怆之意,然而却半滴眼泪都落不下来。因为那种痛太深,扎进去,立刻有虫上来扑咬,榨取我身体里的每一滴水分和血液。我连号哭都不能,只得将一切苦闷憋在心里。带着疼痛的、破损的自己,我彻底离开了家乡。

所幸它的往昔以及完整面貌已被我用文字翔实记录。

这也许就是文字的作用吧。记录真实深切的记忆,韶华易逝的容颜,灰飞烟灭的梦境。即使它不能为我的创伤做点什么,我破碎的灵魂依然摊在那里无可收拾,但是它终能帮助我重启,让我站起来,再次勇敢面对过去的人生,不断地回味那些逝去的美好。

读到这里的你,所见的是一个曾经的世外桃源,一些生动鲜活的人们,所有的血肉,最终的情感,都归于这些单薄的纸张。多么希望你同样能以一颗珍爱之心对待它,也希望你心中的梦可以圆满,而不至于像我这般留下遗憾。

感谢我的编辑团队一路相随,陪伴我完成这本梦想之书。

感谢路金波先生。他鼓励过我:"也许未来,在某个地方,你会再次找到理想的家园。"也感谢上海文学聚会上的一位姑娘。她说:"你在哪里,你的村庄就会哪里晴朗。"

感谢大家,我想变得更好,不辜负你们的支持。我也是那被洪水带走的村庄,因为我知道,我的美好信仰终将重建。

最后我想说的是,不管你在黑暗洞穴中置身多久,永远不要轻视自己的力量。这个世界上,会有很多人奔赴于你,拯救你的不堪和落魄。同时你也会成为一些人的靠山。你的存在,是真实可见的,也是被完全需要的。谨以微弱的光,汇流不息之河。

何以为家

作者_话梅

产品经理_熊悦妍　　装帧设计_朱大锤　　产品总监_何娜　　技术编辑_顾逸飞
责任印制_刘淼　　出品人_王誉

果麦
www.guomai.cc

以微小的力量推动文明

图书在版编目（CIP）数据

何以为家 / 话梅著. -- 成都：四川文艺出版社，
2022.12
　　ISBN 978-7-5411-6528-3

Ⅰ.①何… Ⅱ.①话… Ⅲ.①故事—作品集—中国—当代 Ⅳ.①I247.81

中国版本图书馆 CIP 数据核字（2022）第 209772 号

HEYIWEIJIA
何以为家
话梅　著

出 品 人	张庆宁
责任编辑	陈雪媛
装帧设计	朱大锤
责任校对	段　敏
出版发行	四川文艺出版社（成都市锦江区三色路238号）
网　　址	www.scwys.com
电　　话	021-64386496（发行部）　028-86251781（编辑部）
印　　刷	北京盛通印刷股份有限公司
成品尺寸	145mm×210mm
开　　本	32开
印　　张	6.5
印　　数	1—7,000
字　　数	150千
版　　次	2022年12月第一版
印　　次	2022年12月第一次印刷
书　　号	ISBN 978-7-5411-6528-3
定　　价	39.80元

版权所有　侵权必究
如发现印装质量问题，影响阅读，请联系 021-64386496 调换。